枫叶集

枫叶集

苑 枫◎著

黑龙江人民出版社

图书在版编目（CIP）数据

枫叶集／苑枫著. — 哈尔滨：黑龙江人民出版社，
2016.4（2021.3重印）
ISBN 978 - 7 - 207 - 10727 - 5

Ⅰ. ①枫… Ⅱ. ①苑… Ⅲ. ①诗集—中国—当代 ②散
文集—中国—当代 Ⅳ. ①I217.2

中国版本图书馆 CIP 数据核字（2016）第 097193 号

责任编辑:崔 冉
装帧设计:鲲 鹏

枫叶集
苑 枫 著

出版发行 黑龙江人民出版社
地 址 哈尔滨市南岗区宣庆小区 1 号楼
邮 编 150008
网 址 www. longpress. com
电子邮箱 hljrmcbs@ yeah. net
印 刷 三河市华东印刷有限公司
开 本 787×1092 1/16
印 张 18.25
字 数 280 千字
版 次 2016 年 4 月第 1 版 2021 年 3 月第 2 次印刷
书 号 ISBN 978 - 7 - 207 - 10727 - 5
定 价 45.00 元
法律顾问:北京市大成律师事务所哈尔滨分所律师赵学利、赵景波

无情岁月随风去，
有味诗书入梦来

此於龙龙新作发表之时

二〇一六年春 明礼

大庆市三十九中校长魏明礼题字

枫叶集象形印

与孩子在一起

八十翁与一岁童生日留念

与学生在一起

赠书仪式与学生留念

精神矍铄　享受春日

苑老师与学生及学生的学生在一起

四十六年后师生聚会留念

苑老师八十岁生日照

和学生在一起

上帝为您打开的那扇窗

认识苑老师二十五六年了,但真正走近有较多较深的了解,是在我到大庆石化总厂公司的内部刊物《大庆石化总厂》当编辑之后的五六年里。二十多年前的一面之缘,因为文字情缘再次相遇,并成为生活中的长辈、写作上的尊师。

苑老师就是一个乐乐呵呵、平易温和的人。从认识他的那一天起,他就是这样一副笑对人生的淡定模样。其实,苑老师的人生充满坎坷和不幸,但他以年轻、勇敢的心态,直面"惨淡的人生",正视"无奈的生活",退休二十来年的时间里,用心写作,笔耕不辍,在生活的夹缝中,为自己求得一丝心灵上的安宁与慰籍。

这让我想起那句关于上帝和门窗的话来——"上帝为你关上一扇门,必定会为你打开一扇窗"。或许,写作——快乐地写作——几十年教学修得的文字功底和对生活的热爱,就是上帝为这个因家事牵绊而不得不囿于小家天地的老人打开的那一扇"心灵之窗"吧。

因了这扇窗,快乐成为一道坚实的屏障,以抵御种种晚年生活之不幸、困苦、无助;因了这扇窗,苍老的容颜总能沐浴缕缕阳光,得以常展笑颜;因了这扇窗,文字所激发的灵感如再次赋予生命以新的力量,以八十岁的高龄六十岁的心态,日积月累,才有了《晚风集》(上下),也才有了新版《枫叶集》。

《枫叶集》分古韵今风话天下(诗词类)、人间三月是真情(情感类)、三镜正心君共勉(评论类)和笔墨文章一盏茗(散文随笔类)四大部分,内容涉及广泛,不仅有身边人和身边事,更有国事天下事;不仅有花草树木之风花雪月般的感怀,更有亲情、友情、师生情的无限眷恋;不仅有年轻时艰苦年代的苦涩回忆,更有当下社会进步、国家繁荣而带来的幸福与感恩……这些内

容，都是我们日常生活中常能看到的、听到的，甚至亲身感受到的，但就在这些散见于生活中的简单素材里面，苑老师以其独特的眼光发现了美的所在，哪怕是一片落叶，哪怕是偶尔掠过心头的一丝情绪，都能变成欢快跳跃的音符，让充塞着柴米油盐酱醋茶的日子一下变得滋润和丰盈起来。

苑老师不愧是从教几十年的语文教学师长，学识深厚自不必说，文笔自然洒脱，观念与时俱进，甚是难得。读他的文章，全然没有七八十岁垂垂老矣之暮气与过时陈词，老一辈读起来倍感亲切，感同身受；后辈如我者甚至再小的孙辈们，也能感受新观念、新事物所带来的时代气息。如此取材、行文，当是如我之作文、做编辑者的好典范。

古韵今风话天下（诗词类）：表现了老师深厚的文学修养，无论是古词、古诗还是自由的现代诗，皆运用自如，有白居易写诗让街巷妇孺皆明白晓畅之感，而无艰涩费解、故弄玄虚之嫌。

人间三月是真情（情感类）：这是用情感浇灌的花朵，字字是深情，句句是爱意。爱妻、儿孙、学生，是苑老师生命中最为厚重的三个部分。正如篇首所说的那样："爱你，你是我心中的金丝兰，就开在我的心里，永远芬芳，绽放美丽；爱你，你就是田野中的阳光，同流一支的血脉，夕阳很美，岁月永恒；爱你，你就是我满园的桃李，经几十年的浇灌，天涯各地，胜似儿女。"

三镜正心君共勉（评论类）：这是本书最有思想的部分，凝聚着苑老师对历史、社会、人生、国家等等问题的思考，更是苑老师爱国情怀的充分展现。作为一个老教育工作者，在认真对待生活的同时，他时刻不忘关心社会时事，关注中国和世界的发展。在对历史的拷问、对社会不良现象的评判、对正义和善良的呐喊和鼓掌中，我们看到的，是一个正直、有良知和责任感的人，无论你的年龄有多大，国家和社会的发展永远在你的视线范围内，因为这与你、与你的祖国息息相关。

笔墨文章一盏茗（散文随笔类）：比较纯文学，分为读书有妙趣、笔墨寄闲情、往昔的回忆、贵在身心健、寄情山水乐、故事里思考六个部分。相对而言，这些篇章，写作严谨，句法规范，构思精巧，手法自然，知识含量丰富。如此"随心所欲"非一日之功，系老师几十年语文教学的功底所在。

其实，生活琐碎事太小太杂，不好写，容易落入流水账式的俗套，但苑老师处理得自然娴熟，仿佛信手拈来。一是切入点比较小。力求小中见大，平中见奇,读起来不费神,又余味无穷。二是角度新,敢于创新,有见地,不人云亦云。三是有博古通今、融会贯通的能力,引经据典,让文章有广度和深度。

读完此书,感受颇深,启发多多,值得爱好文学写作的老年人分享;永远年轻的心态和勤勉的生活作风,更值得年轻一辈学习和借鉴。

首先是对生活无条件地热爱。在苑老师的身上,似乎永远葆有向上的生命力,苑老师永远是快乐达人。这种对人对事的宽容、平和、感恩之心,积极向上的心态,是健康生活、长寿安康的制胜法宝。言为心声,没有这样的心态,难有快乐的人生,更难有快乐的文字流淌于笔端。

其次是对诸事都勤勉。不管春夏秋冬,坚持家务,坚持锻炼,坚持写作,从不偷懒,总是那么勤奋、勤劳,无怨无悔。这从书中的很多篇目里都可以感受得到。

第三是为人谦虚,为文严谨。记得在《大庆石化总厂》上发表的一篇《一枚篆书闲章字面的求解》,这是一次师生聚会时,学生无意中给他看的一张篆书闲章图片,文中写了几次三番求解的过程。读此文时,十分感动。文章结尾时说:"……倍感'活到老,学到老'的真谛了。韩愈所谓'师亦无所长'啊! 就是这个理儿。其实这个普通篆章,本不是什么难题,只是知之者易,不知者难。学无止境,怕的就是'一瓶子不满,半瓶子咣当',一知半解,浅尝辄止,不求其实呀!"八十岁高龄仍在用小学生的心态去做人写文,真非常人所及。

苑老师说,出书不是他的本意,写作只是打发时光,让日子快乐些罢了,正像一位总跟他一起混的老友形容的那样:让快乐文字伴夕阳。而我想说的是,让快乐文字伴夕阳,真的不错,它是上帝为您打开的一扇窗,一扇能将理想照进现实,用阳光驱散阴霾的窗,有了这扇窗,您将永远快乐、健康!

另外,那天接到苑老师电话,让我给新书《枫叶集》写序,深感惶恐。虽然当编辑多年,但水平还是停留在企业报刊的水平,为老师的文集作序,岂不折煞我也? 不过,因为曾编发过老师的文章,知道老师是一个无拘无束之人,说深说浅都不会怪罪于我;也因为读了新书的文稿之后,确实有许多感想要说,故欣然从命,作此读后杂感,以表达学生对老师的敬意,但实在算不得序。

《大庆石化总厂》执行副总编　王华文

二〇一六年一月三十日

3

把文字注入时代脚步的印迹

——为《枫叶集》出版作序

　　每当捧读苑枫老师的作品,就觉得无比亲切,并备受鼓舞。

　　苑老执教四十多年,深受学生爱戴,堪称教书育人的楷模。如今虽年逾八十且桃李满天下,但他仍然每天读书看报,撰文立说。他勤于学习,善于思考。每年都书写百余篇文章,有的在全国各报刊发表,收获颇丰,令人敬佩。耄耋之年的他依然笔耕不辍,他是在用生命和时间赛跑。

　　与苑老交谈,他常说小时候身体不好,家境贫寒,托共产党的福才能上学,有文化,当教师。他要把自己所学全部奉献给国家,报答党的培养。正因他满怀感恩之心,他的文章字里行间都充满善良仁爱、快乐和谐。他的文章《读书乐》《赞大庆幸福谣》《善眼看世界》,他的小诗"回首古今多少事,都在一笑了然间",他的《春燕》,尤其是《祝贺党的生日》中的"炎黄子孙歌盛世,神州儿女思来源。试问古今谁与比,伟哉中国共产党"等,都充分体现了其感恩情怀,给人以勤勉奋进的正能量。

　　苑老退休后写作不为涨工资,不为评职晋级,不为赚钱赢利,没有功力性,就是每天目睹祖国的盛世场景,所见所闻,新鲜事物不写不快。看电视报道神舟飞船落月,他连夜作诗《"嫦娥"落月》《望月吟》;看到新闻"西气东输"工程的恢弘大气,他一气呵成《献给西气东输的歌》,看到长江三峡蓄水一百五十六米至一百五十七米的新闻报道,夜不能寐,浮想联翩,夜半激情《千古三峡今又是》《三峡礼赞》;目睹反腐倡廉树新风的大好形势,撰写《廉吏何以名垂青史》《读"介之推不言禄"的启示》;看到有的人人生低迷,他写《下一站"幸福"》进行劝慰,他把自己的退休生活看成《快乐的文字伴夕阳》;鼓励儿女孝顺,作文《一个"孝"字贯古今》,备受读者好评。

从苑老的文章中我们不难看出，他不仅心怀感恩，而且胸怀豁达，他对人间一切事物都能以向上向善的方式来解释。他的《乐老先生乐趣多》《身边老友都闪光》《寄情铁人》《劳动，人类永远的生存秘笈》等文章都充满赞颂和激励之情。

他讴歌"一带一路"，唱响时代的变奏曲，他满怀《一颗滚烫的心》，致贺《老年日报》创刊三十周年：

> 一路风尘，一路艰辛。
>
> 两度易名，多次改版创新。
>
> 八年领跑畅销路，十个城市设分印。
>
> 名列老年第一报，四百工程送福音。

苑老亦师亦友，为人可亲可敬，为文可圈可点。人品、诗品、文品堪为师表。

从苑老的诗文中我们足以看到，他国事、家事、天下事事事关心。耄耋之年仍紧跟时代步伐，电脑、手机中的博客、qq、微信，样样不输于年轻人。迄今人老心年轻，努力吹奏时代强音。值得学习。

书不尽言，我们期待苑老即将出版的新书《枫叶集》给大家更大的激励和鼓舞！

张玉莲

二○一六年三月十八日

目　录

古韵今风话天下

枫叶集

人间三月是真情

三镜正心君共勉

笔墨文章一盏茗

目
录

5

目

录

古韵今风话天下

　　填一片，勾栏瓦舍的词句；写一首，古律遗风的诗话。听，花儿开了，树长了，淙淙的小河在流淌。让我们用诗意共同感悟——造化的繁复多姿，周遭的点点变化。

丑 奴 儿

——观大庆石化总厂城雪后初晴

天公恩准赐敷粉，
瑞气纷纷，
广袤无痕，
炼塔火炬不飞尘。
隐约高楼美如画，
雪韵芬芬，
修林福禛，
钟灵毓秀醉煞人。

古韵今风话天下

小令　相见欢二首

咏　秋

（喜闻预测大庆市粮食十一连增，原油、天然气超额增产）

荣登电视塔楼，
俯金秋。
百湖城乡忙碌，
车如流。

粮连增油超产，
双丰收。
工农同庆欢歌，
共祝酒。

忆 铁 人

驻足铁人像前，
议会战。
风当扇雪当面，
令人叹。

多少事涌心上，
思无限。
扼腕英雄无泪，
继先贤。

注："铁人"在会战誓师大会上表决心："北风当电扇，大雪当炒面……"

古韵今风话天下

枫叶集

调笑令三首

思念短信

信息，信息，春风杨柳鸟啼。
微信一路飞去，诉说几曾相知。
相知，相知，天涯犹似咫尺。

文友聚会（变格）

文友，偶相凑。谈诗论文话锦绣。
乙未岁首好时候，故旧互勉共谋。
备一席屠苏美酒，聊叙夕阳情幽。

看 照 片

思念，思念，晓看春风柳岸。
伊人欲渡河汉，天南地北挂牵。
牵挂，牵挂，双眼模糊照片。

小令　相见欢

咏骏丰活动月

恰骏丰活动月，
开新课。
保健医疗讲座，
正火热。

选三员验疗效，
忙不迭。
迎来众人参与，
堪一歌。

二〇一四年十月二十二日

古韵今风话天下

7

行 香 子

—休闲篇

日日消遣，
年年休闲，
谢苍天,赐我耄年。
万般世事，
都不相干，
任由好玩。
好府邸，
好居安。

时日变迁，
月缺又圆，
乾坤转,更替轮换。
国运昌隆，
尽享泰然，
知晓千秋。
岂非易，
岂非难。

破阵子·二战胜利七十年大阅兵

笑靥举旗参检，
喜看鼓乐齐鸣。
四十九国相聚，
三十位元首外宾。
庆典大阅兵。

海陆空三军外，
新种亮相震惊。
铭记中华天下事，
赢得国内国外名。
伟业初长成。

二〇一五年九月三日

古韵今风话天下

9

咏对红花开

二○一五年一月十八日星期日，一盆对红已经提前开了，一组四朵，次第开放。这是几年来开得最早的时间，不知是迎春报喜，还是争着祝福，令人欣慰。乃作几句诗记下。

窗台两盆对对红，年年春节争相开。
今年腊月初一日，两朵笑脸迎春台。
疑似比赛夺桂冠，又如赠送福寿来。
犹忆当年主人在，阖家团圆酒一杯。

二○一五年一月二十日十四时二十一分

报春二首

一

雪盖冰覆地仍冷，
路边却见泅水痕。
耳边微闻嘶嘶叫，
飞雀叼起一小虫。

二

微风初来抚草坪，
蛰伏蚂蚁渐出行。
时人未觉天气暖，
树丫悄悄已泛青。

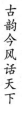

古韵今风话天下

11

枫叶集

初　春

细雨绵绵夜梦回，
开窗初听树莺归。
楼前园圃茸茸绿，
树下草丛蝶蝶飞。
桃红初绽露笑靥，
丁香已散幽香味。
百花最是晴方好，
半句唐诗醉心扉。

春日梦闻喜鹊报时

桃红丁香晓风清，
晨阳初照透帘明。
喜鹊登枝报时早，
唤起书生春梦醒。
敲打键盘追梦境，
原来枕上著诗文。

桃红花开

夜来小雨润矮林，
晨练空气倍清新。
小园桃红争斗艳，
王母花园降凡尘。

春雨初晴

春来夜短正好眠，
汽笛声声唤梦还。
雨霁天晴映百湖，
气旋地湿笼桥关。
大乙烯厂隆隆响，
造粒塔顶汩汩烟。
街头巷尾人攒动，
石化员工上早班。

古韵今风话天下

13

丁　香

马年早春又提前，
寒气未消草芽长。
不觉风儿栽新叶，
满园丁香迎客忙。

燕归来

龙江四月燕迟来，
桃红丁香次第开。
游人未及赏春景，
子规犹唱稻秧栽。

夏日闲咏

——醉酒者痹

大葱蘸酱酒半酣，
一牙锅饼掉路边。
身叮蚊虫全不觉，
睡眼斜看日西偏。

二〇一四年六月二十二日十五时四十七分

古韵今风话天下

15

莲藕与芙蓉

淤泥生莲藕，
清水出芙蓉。
本系一脉长，
天地两相迥。
遇污而不染，
逢秽犹自重。
洁廉堪自好，
同宗品亦同。

注：二〇一五年十一月九日，习马会晤，六十六年来两党首握手，二十二年来倡导"九二"共识，七年来两岸相通，二十三项协议签字。两岸人士反响大多一致，深感欣慰。乃以莲藕、芙蓉比之，连缀几句，以之赞誉。

二〇一五年十一月十日十七时三十分

咏　雪

二〇一三年三月二十一日中午突降大雪。

塞北雪盖大如席，
飘入梨园挂满枝。
雪花虽比梨花白，
梨花结子雪无梨。

咏雪三章

咏雪人

天上絮纷纷，
地下铺满银。
"大人"穿白衣，
"小孩"点朱唇。

咏雪中磕头机

油田白茫茫，
树木着银装。
磕头机声响，
未见在哪方。

咏雪地温泉

天地雾相连，
水里冒白烟。
上帝赐飞蝶，
土地献温泉。

鸡年元旦闲语

春夏秋冬四季天，
日月如梭又一年。
人人三百六十日，
个个得失不一般。
自强收获丰硕果，
虚度犹若苦寒蝉。
劝君一元再复始，
奋起金鸡也称仙。

二〇〇四年十二月二十六日

古韵今风话天下

19

说 过 年

神州旧俗谚，春节即过年。

远自尧舜始，世代习相沿。

张灯又结彩，迎神祭祖先。

本意庆丰收，酬谢神灵前。

圣传有荫庇，祈求子孙贤。

德隆家业兴，福运佑平安。

不怕山水阻，亲情心相牵。

尽孝堂前聚，思归如飞燕。

而今逢盛世，万民尽欢颜。

新政频频出，成果屡屡现。

深化改革事，把盏话万千。

文明风尚好，历久更弥坚。

天马奔腾起，复兴筑梦圆。

国泰民安乐，守岁看"春晚"。

二〇一四年

情人节三首

二〇一四，马年，喜庆元宵节、情人节两节相逢，乘兴作诗，乐而诵之。

情 人 节

舶来情人节，
顺应万众心。
城乡一派热，
圆梦有情人。

元 宵 节

汉武元宵始至今，
东方演绎化奇闻。
佳话频传千载是，
白马王子会佳人。

古韵今风话天下

21

两节合璧

一

两节喜相逢，
中西合璧成。
万民齐喝彩，
共筑有情梦。

二

日月盈亏自运行，
中西合璧喜相逢。
世人喝彩迎双节，
有情人圆情人梦。

岁 时 好 运

    二〇一二年四月十二日清晨六时许,一股清凉的小风吹来,随即一场铺天盖地的雨夹着雪,雪裹着雨,携手而降,乐坏了一帮遛弯的老哥们儿,各个连呼"龙年好运、龙年好运,天遂人愿"。于是,激情敲打《岁时好运》。

龙年龙运龙行水,
天时地利人和美。
清明麦芽欲萌醒,
连绵雨雪从天坠。
俗谚小麦盖层被,
人人搂着馒头睡。
和谐社会天帮忙,
顺势顺景顺民规。
大农业获大丰收,
科技引领号角吹。
"子规夜半犹啼血",
"不信东风唤不回"。
十亿神州皆尧舜,
百年中华领新辉。
而今喜迎十八大,
盛世捷报九州汇。
炎黄子孙谱新曲,
岁时好运歌声醉。

古韵今风话天下

百 家 讲 坛

百家名流争登台，
引经据典侃侃来。
道却古今多少事，
风流倜傥各抒怀。
儒道佛医卓有数，
诗书礼仪堪无殆。
敬祈学术开先例，
万民受众拍手快。

七夕相思

——给嫦娥的微信

嫦娥姐姐请知之，
今天微信发给你。
神五探月待时发，
宇宙揭秘已近期。
我随"五妹"登月去，
天地相会在咫尺。
请备灵药桂花酒，
广寒宫里话相思。

古韵今风话天下

25

三节连庆盛世歌

仲秋国庆重阳节，
节节连庆尽欢歌。
年年中秋明月夜，
今年适逢送"嫦娥"。
每每国庆举国庆，
今年阅兵世惊愕。
自古重阳登高处，
今年敬老开先河。
吾侪有幸逢盛世，
复兴圆梦创大业。

二○一五年八月二十二日十一时零四分

望祭中秋月

天高风清月影寒，
云汉无声转玉盘。
孩童不知天公远，
邀约嫦娥早回还。

二〇一五年八月二十二日十一时四十分

咏　中　秋

天光月影晚风吹，
洒下银帘似翠微。
飞鸟匆匆归巢去，
落霞渐渐向西回。
玉轮一经东方起，
神州遍地歌欲醉。
一星闪耀照环宇，
十亿人民心向北。

二〇一五年八月二十二日十二时三十四分

古韵今风话天下

27

重阳节邀老友共游

　　二〇一三年农历九月初九,我国迎来第一个法定老年节,又规定十月为
敬老月。乘兴邀老友登高望远,吟诗话菊,偶得几句。

闲品菊花话茱萸,
又逢重阳恰其时。
邀来文友携壶去,
登高一览胜东篱。
红叶若解白头客,
黄花休笑老翁痴。
十亿神州中国梦,
八方歌吟复兴诗。

看嫦娥三号落月感怀

"三妹"稳稳落月球，
"玉兔"脚印浅浅留。
两只相机传捷报，
五星红旗耀宇宙。

逐梦成就新跨越，
领先技术拔头筹。
世航先辈频赞赏，
中华儿女数风流。

注：二〇一三年十二月十四日二十一时十一分，"嫦娥三号"登月圆满成功抒怀。

古韵今风话天下

29

点赞一带一路方略

一带一路首创新，
重奏丝绸中国风。
高瞻远瞩看世界，
着手眼下求自荣。
一带带动欧亚动，
一路路通海陆通。
深化改革谋良策，
复兴圆梦伟业功。

心里话儿向党说

忆昔九十三周年，
始建中国共产党。
神州大地起风雷，
狂飙席卷"三座山"①。
天安门前红旗升，
中华大地换人间。
"火树银花不夜天"，
"歌声唱彻月儿圆"。
两弹一氢惊世殊，
五洲万众刮目看。
南水北调堪赞赏，
西电东送史无前。
九天揽月成现实，②
五洋捉鳖越七千③。
粮食丰收十连增，
耕樵渔牧倍心安。
炎黄子孙歌盛世，
人民十亿思来源。
试问古今谁与比，
伟哉中国共产党。

注：①帝国主义、官僚资本主义、封建主义三座大山。
②指"嫦娥"号等火箭发射成功。
③七千米。

古韵今风话天下

31

对白居易庐山大林寺桃花诗的改写

人间四月芳菲尽，
北国鲜花五月开。
谁道春归无觅处，
而今转入大庆来。

社区楼间小公园

楼间花园连千家，
甬路弯弯小径斜。
桃红丁香争开早，
芨草百合绽奇葩。
惹得粉蝶翩翩舞，
傲立蜻蜓展风华。
龙钟翁妪观花景，
无忌孩童任嬉耍。
欢歌燕语休闲地，
石化社区处处佳。

玉楼春·石化城二首

小园春柳新芽

晓风微微朔气缓。
细雨蒙蒙送春暖。
枝干泛出丝绦绿，
剪刀裁就叶腘腆。
暮霭浓浓温润散，
夜色沉沉灯光炫。
疏柳摇曳咿呀语，
晨阳初照芽笑艳。

丁香花香香满园

丁香初绽争春早，
笑靥迎来蝶萦绕。
异香飘洒歌满园，
翁妪花丛争拍照。
装点小区美如画，
歌舞唱出老来俏。
颐养天年哪里去？
休闲娱乐最是好。

33

晨 起 雾 景

开帘举目一望之，
晨曦初露路灯稀。
楼林耸峙层层叠，
雾霭迷蒙沉沉低。
巍峨火炬荧光闪，
错落炼塔似云梯。
忽闻汽笛一声响，
石化工人上班急。

百湖纳凉好去处

人言夏日日炎炎，
我谓百湖湖茫茫。
今年暑气来势早，
疑似蒸笼罩洪荒。
吴牛喘月月如水，
油娃戏水水成汤。
欲要纳凉何处去？
龙凤林甸与泰康。
阿木塔风情民俗，
鹤鸣湖冬暖夏凉。
捕鱼捞虾温泉浴，
骑射赛狗与叼羊。
旅游设施堪新颖，
胜似西湖与漓江。
华清池落石油城，
避暑何须去山庄？

古韵今风话天下

35

赞大庆幸福谣

老少皆宜幸福谣，
内容全面又周到。
字词浅显含义深，
易学好记音韵巧。
句句唱响都是福，
条条落实品自高。
全市人民齐践行，
社会文明小康早。

附：

大庆幸福谣

庆 宣

对事业，敬业是福，担当是福，奋斗是福。

对社会，感恩是福，尽责是福，回报是福。

对国家，忠诚是福，守法是福，奉献是福。

对自己，健康是福，勤俭是福，知足是福。

对他人，真诚是福，包容是福，友善是福。

对家庭，理解是福，体贴是福，和睦是福。

对生活，热爱是福，珍惜是福，乐观是福。

晨起雾霾

（叠字双语）

二〇一四年十月二十七日凌晨五时，雾霭沉沉，天地浑浑，眼瘴、心闷，不便出行。约一个时辰后，太阳现出一绺光辉，烟消云散。乃作：

朦朦胧胧雾，
浓浓淡淡云。
重重叠叠塔，
隐隐约约星。
嘀嘀哇哇车，
匆匆忙忙人。
拥拥挤挤路，
影影绰绰灯。
憋憋闷闷霾，
昏昏涨涨曛。
冉冉烈烈日，
尘尘埃埃蒸。
晴晴朗朗天，
世世清清新。

古韵今风话天下

入 夜 吟

一灯一椅一电视，

一报一刊一床衾。

一杯清茶独自饮，

一首诗文半字吟。

一觉醒来原是梦，

一抹泪痕透枕巾。

一生辛劳堪回首，

一半糊涂始至今。

注：此诗作于七十九岁的岁末，还有十三天就八十岁了。

二〇一四年十二月十七日十一时五十分

晚　　风

夕阳西下，
一绺微风掠过，
瞬间，轻轻地，
滑过身边背影，
抚摸我的衣襟，
撩起蓬乱的银发，
吻着苍颜褶皱的脸颊。
晚风，你从哪里来，
你到哪里去，
是匆匆过客，
或故意嬉闹玩耍？
是找个驿站栖身，
寻觅个居所住下？
抑或躲避严寒的港湾，
还是希望是个温馨和谐的家？
天色已晚，
暮霭落霞。
你要走多远，
是否应该暂且下榻？
栖身休息，
待时出发。
不必着忙，
请留步：
众里寻你千百度，

39

这儿便是灯火阑珊处。
烫一壶老酒,
伴着夕阳的余晖,
对饮,微醉……
岂不好吗?
何须奔走天涯。

二〇一五年一月八日十七时零五分

赴杭州西湖一游

他年携友西湖游,
水清印月月如钩。
扬棹欲捞三潭月,
潭底月儿挂天头。

一九九一年七月

读 书 闲 咏

老来倍觉"电"不足，
偶有闲暇翻诗书。
昏花老眼始觉难，
只言片语咀嚼足。
四书五经太费解，
蒙学简约便于读。
知史莫如"小刚鉴"，
尽孝最易《亲恩篇》。
生活礼俗唯"家训"，
《幼学琼林》哲思悟。
博采广学《千字文》，
仔细思考滋味殊。
《名贤集》与《大实话》，
《修身》尤当一镜出。
秉烛之明也秉持，
百岁亦当常伴读。

注："小刚鉴"指《三字经》；
　　"家训"指《朱子家训》（也称《朱子格言》）、《程子家训》等。

玩转小诗略开心

写诗撰文

退休得闲弄诗文，
未识韵律与仄平。
寄情山水歌盛世，
任它东南西北风。

学　诗

年近八十学诗文，
甚感文拙诗难成。
请君秉烛别气馁，
求教刘勰与笠翁。

执　教

粉笔教鞭几十年，
一片黑板万顷田。
而今唯见 PPT，
科学执教著新鲜。

网上教学

口干舌燥三尺台，
陈述家国几千载。
杏坛春风过往事，
天宫授课出新裁。[①]
网络媒体成新宠，
中外学界均覆盖。
信息传输远程课，
医文科幻尽数来。

百家讲坛

百家名流争登台，
引经据典侃侃来。
道却古今多少事，
风流倜傥各抒怀。
儒道农医卓有数，
诗书礼仪堪无殆。
敬祈学术开先例，
万民受众拍手快。

古韵今风话天下

43

枫叶集

春燕归来

叽叽喳喳报春华，
呢呢喃喃寻旧家。
曾识主人今何在，
新居别墅浑如麻。
林立高楼比比是，
青瓷丽瓦怎么搭。
万顷枫林筑新巢，
胜似泥屋矮檐下。

看 电 视

新闻节目传政令，
今日关注更高论。
焦点访谈辨丑美，
百家讲坛博学深。
远方的家胜旅游，
天天饮食席上珍。
休闲就看连续剧，
娱乐节目也开心。
看点虽多须节制，
健康第一重修身。

注：①指刘洋天宫授课之美谈

二〇一四年一月十六日九时四十四分

44

赠《金秋艺苑·翰墨诗韵》栏目

　　每每品味《金秋艺苑·翰墨诗韵》栏目的诗词、书画,倍感新鲜,受益匪浅,偶有所悟,不揣浅陋,冒昧敬书,以嵌字冠之。

翰羽挥就千古梦,
墨香犹似三帖存。
诗林书海今又是,
韵味悠悠中华魂。

古韵今风话天下

45

多 与 少

　　老友闲聊,偶涉家资。或赞其多,或谦其少;或美其富,或恶其贫。其声高低,其容鲜敛,各自不同。闻之奈何? 归以自问。乃省之记之而已矣。

闲谈切忌多与少,
多亦少来少亦多。
看似多来多又少,
自谓少来少还多。
与其多来不如少,
岂知少来少胜多。
时人爱多不爱少,
少的少来多的多。
人生得失知多少,
请君品读《好了歌》。
一旦参透其中味①,
不是神仙便是佛。

注:①其中味出自清代诗人曹雪芹的《题石头记》
满纸荒唐言,一把辛酸泪,
都云作者痴,谁解其中味!

46

附：

好了歌

世人都晓神仙好,唯有功名忘不了!
古今将相在何方? 荒冢一堆草没了。
世人都晓神仙好,只有金银忘不了!
终朝只恨聚无多,及到多时眼闭了。
世人都晓神仙好,只有娇妻忘不了!
君生日日说恩情,君死又随人去了。
世人都晓神仙好,只有儿孙忘不了!
痴心父母古来多,孝顺子孙谁见了?

注:跛足疯道人说:"世上万般,好便是了,了便是好,若不了,便不好;若要好,须是了。这歌儿便名'好了歌'。"

瞻仰岳王庙

人流如织比肩游，
仰慕神威武穆侯。
世人皆议忠肃事，
报国流芳魂悠悠。

一九九一年八月于杭州

回 忆 三 哥

　　二〇一四年十一月二十八日三哥"走"了,永远地离开了他恋恋不舍的亲人,离开这个他生活了八六年的世界,安祥地"睡着"了。

忆昔当年去参军,
全家老幼俱伤情。
未料一路皆顺畅,
竟然几度攀擢升。
三次还乡共笑语,
五次相见话平生。
而今草草一晤去,
疑似昏昏南柯梦。

二〇一四年十二月二日十四时零六分

古韵今风话天下

枫叶集

谢学生赠送菱角

　　第三十一个教师节前,我收到一份特殊礼物——十余名四十六年前的学生亲手采的菱角。感动不已,乃欣然命笔。用菱角形状作菱角诗,回复致谢。

菱

尖 尖

两 头 弯

藕 断 丝 连

玉 指 摘 灵 丹

那 怕 荆 棘 刺 坚

笑 钵 满 筐 圆

情 动 心 牵

献 恩 师

诚 谢

缘

一颗滚烫的心

——致《老年日报》创刊三十周年

创刊三十周年，
一路风尘，
一路艰辛。
几经易名，
改版创新。
八年领跑畅销路，
十个城市设分印。
名列老年第一报，
四百工程送福音。
频频出新频频传捷报，
屡屡回访屡屡倍亲民。
一个宗旨不变
——为老服务滚烫的心。

古韵今风话天下

春

严寒,瑞雪把你孕育派生,
四季轮回把你捧在最前,
春种,秋收,
农人的期盼。
春华秋实,
美的观瞻。
文人书写你——
春的礼赞。
诗人赞美你——
华彩斑斓。
草木迎接你,欲予重生,
鸟兽虫豸渴望你,苏醒,迁徙,繁衍。
万物相生,
阴阳自转,
春夏秋冬,
四季循环。
春啊,
你总是人类的向往。
爱的火种,
美的心愿:
——温暖,阳光,
追求,愿景,期盼……

二〇一五年一月八日十时零四分

逛 家 乡

——为去湿地公园参加活动朗诵而作

踏晨曦，
穿楼群，
过小巷，
搜索当年模样。
早市熙熙攘攘，
广场舞动朝阳。
三三两两悄悄话，
排排对对声声唱。
哪里找记忆的留痕？
那有如星光闪烁的霓虹灯，
分明是天上的街市降落凡尘。①
那川流不息的华彩服饰人流，
岂不是人间梦幻天姥的风光。②
啊！
却原来，
这竟是我寻寻觅觅的肇源城——
美丽可爱的家乡。

注：①见郭小川《天上的街市》；
　　②源自李白的《梦游天姥吟留别》。

古韵今风话天下

53

美丽释放会有时

——白玉兰开花的启示

枝叶葱绿，
油汪汪的一盆"大苞米"。
一年,二年,三年……
栖息在中厅的窗台一角，
除了每周例行浇一次水，
几乎再没人注意她。
默默地，
悄无声息地渐渐生发。
忽然有一天，
女儿惊讶，
冒出一个枝丫！
不久，
蹿出一个骨朵儿，
肥硕粗大。
夜里醒来，
异香扑鼻，
啊！
花蕾笑了，
十条白带似的含苞散开了花瓣。
从中厅挪到室内，
位居阳光之下。
这从来没有过的待遇:

观看，拍照，防碰，怕刮……
点赞有嘉。
因为释放花香宜人，
才迎来爱的呵护，
还原高贵的身价。
自强，花似人，
竞争，成功，
人，又何尝不似花。

枫叶集

望 月 吟

你是浩瀚宇宙的眼睛，
透视星汉灿烂的太空，
明亮，璀璨；
一览美丑善恶，
洞悉分明。

你是运行太空的精灵，
让人琢磨不定，
潮汐，风晕；
有时跃然现身，
万物宁静。

你是大自然的诗歌，
声韵流淌古今，
演绎，歌颂；
承载天地星辰，
人神共吟。

你是圣灵净化的仙境，
赋予灵秀奇景，
桂树，蟾宫；
把酒邀嫦娥，
伴你同行。

我爱《金秋时评》

——祝贺《金秋周刊》发行二百期

每读《金秋》，
首选《时评》。
无论真善美的诠释，
还是对假丑恶的责评。
诠释得令人信服叫好，
责评得让人醒悟涕零。
领略到什么叫文采，
悟出什么叫时代强音。
多少会战老友乐读"寒江雪"，
多少古稀翁妪夸赞"金秋时评"。
我呀，
爱喝这樽醇酒，
更喜这杯佳茗。
常常细细地咀嚼，
回味
——哲言、征引、阐释、抒情
——幽香盈盈。

古韵今风话天下

我的梦——咏志

今年刚刚七十有八,
还属大好年华。
趁身体犹健,
情智练达,
追新梦,
敢奋发。
再奔波一程,
洒脱一把。
书些许人生曼妙,夕阳彩霞。
涂几笔祖国美景,江山如画。
给子孙后代,
赠炎黄娃娃。
记录一点回味甘甜的文字,
采撷一些时代风光的佳话。

雪　花

小小雪花，
仙女雕饰的奇葩，
洁白，晶莹，
婀娜，幽雅。
风云中游弋，
琼宇里玩耍。
纯真的笑容，
娇羞的舞姿，
轻盈，曼妙，
飞翔，潇洒。
翻转飞旋千百度，
寻觅百草、树枝，
楼房、大地
——温馨的家。
阳光下，
亲吻，蜕变，融化，蒸发
——生命的异化。

羊年寄语

——二〇一五年辞旧迎新

骏马载誉而去，
玉羊受命来临。
更迭交替何须问，
都是天地阴阳运行。
远自洪荒上古，
近至今岁更新。
六十年花甲轮回，
多少明主将相，
几曾"荡涤污泥浊水"？
是谁"致君尧舜上"？
哪个能"再使风俗淳"？
始有当今一代英主——
治世事清明复清明。
但愿筑梦天姥，
万众康宁。

枫叶红了

朋友，
深秋季节，
您听说过塞北伊春五华山吗？
那里红叶翩翩，游客欲仙。
您去过北京香山吗？
那里的红叶让多少游人欣喜若狂，迷恋忘返。
您读过毛泽东的《沁园春·长沙》吗？
"看万山红遍，层林尽染"。
那是普罗米修斯盗取的火种，
那是祝融亲手点燃，
那是上帝赐给一代伟人心中的革命火焰。
您多半还记得杜牧的
"停车坐爱枫林晚，霜叶红于二月花"。
那是大自然的造化……
诗人描绘的唯美画卷。
……
愈是深秋，
愈是"万木霜天红烂漫"。
枫叶儿也更红，更艳，
似近又远，
亦真亦幻……

二〇一六年一月七日

古韵今风话天下

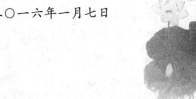

61

人间三月是真情

　　爱你，你是我心中的金丝兰，就开在我的心里，永远芬芳，绽放美丽；

　　爱你，你就是田野中的阳光，同流一支的血脉，夕阳很美，岁月永恒；

　　爱你，你就是我满园的桃李，经几十年的浇灌，天涯各地，胜似儿女。

金婚日的回顾

　　翻开日历:一月十八日。啊,这不是我与老伴儿结婚五十周年纪念日吗?回忆一九六三年的那天,历历在目,也是寒冬腊月,北风呼啸,飘着小雪花,学校放假了,几位要好的同事没回家,为我操办了一个简单的婚礼。因为那正是三年自然灾害时期,要什么没什么,买什么也买不着,买饭碗,两口人只卖给两个,筷子两双,香皂盒要票,记得一位好朋友就是送给我一对香皂盒作为贺礼的。食堂管理员杨兆禄想方设法买了五斤肉,两条鲤鱼,用食堂的几棵大白菜及土豆、胡萝卜、粉条等凑合了两桌饭菜,好在几位师傅手艺高超,做得还像模像样,色香味也过得去,招待了娘家亲戚,至今想起来还觉得寒酸。

　　单位没房子,自己又买不起,亲戚帮着租了一个偏厦,也就是厨房隔出的小间,四五平方米,用报纸糊了糊,就是新房了。

　　一晃五十年过去了,国家巨变,家庭也彻底地改变,如今的生活与五十年前天壤之别。往事不再,儿子给制作了一张图片,还有网上摘录的一副对联:五十年同心,风风雨雨相随;半世纪牵手,磕磕绊绊不悔。外孙女制作了一个幻灯片,有照片、文字、音乐,颇有一点庆典的意思。儿女们张罗了一桌酒菜,说几句祝福的话,也就是金婚了。

　　五十年,一瞬间;半世纪,大变样。少年壮士童颜老,红粉佳人变白头。这就是岁月留痕,人生铁律,不知老之将至了。看今天住高楼,坐轿车,貂裘美酒家常饭,诗意生活心如歌。夕阳无限好,金婚美景多。

　　二〇一二年一月十一日(辛卯农历腊月十八星期三,三九第三天)

人间三月是真情

65

告白老伴儿

老伴儿讲究衣饰,而我却从不注重,或叫不拘小节。于是她常常念叨:新衣服不穿,衣服出褶子了,裤子穿歪了……昨天还把我习惯穿的简便裤子,从窗子扔出去了,无奈,因病不再与她争执了。顺便写几句话:

匆匆过客谁看我,来往行人我看谁。

三亲六故谁不认识我,左邻右舍我又顾及谁?

表面文章何其用,虚荣做作反误人。

除却子女与亲故,哪个不是应酬宾。

放下琐事修身心,柴米油盐才是真。

二〇一二年八月十五日

与老伴儿去送灯

　　记得一九六三年清明,也就是我与老伴儿结婚后的第一个清明节,按照家族的习惯,初婚的新人必须要给已逝去的先人送灯,这是习俗,也是规矩。据母亲说,这祭奠仪式是祖上传下来的,给先人点上明灯,照亮坟茔是对先人的尊重、敬仰。新人对先人诉说自己的心愿,以求得逝者的庇佑,迎来生活与前途的光明。为此,母亲用荞麦面蒸制了两盏饭碗大的面灯,准备了一瓶大麻籽油和黄纸钱、火柴。还特别吩咐要摆放在东南方向,与必说的几句话。

　　我与妻子一一答应。天刚刚擦黑时就出发,走了六七里路。虽然荒野坟冢随处可见,但因心里想着孝敬先人,一点儿也没觉得害怕,尤其路上打着灯笼送灯祭扫的人三三两两连续不断。

　　记忆中那天风很大,用了几乎一盒火柴,心里默默祈求先人,让我点着灯,烧化纸钱,果然遂愿。就着灯亮与烧纸的火光,跪拜祈祷之后,离开坟茔。走一段路回头看看,那灯仍亮着,再走一段再看看,如是者三次,觉得认真敬祈先人,心里格外释然。

　　转眼五十一个年头了,如今老伴儿也因病于去年金婚之年"走"了。当清明节又来临时,往事历历在目。我不知道该怎么去看望她,祭奠她,和她说些什么,抑或送一盏什么灯以表纪念。或许她生前喜欢的一束百合花,也许是默默地祷告吧。可叹人生不再呀!

67

花儿为什么这样开

老伴儿一辈子爱花,直到临终时还有三十多盆。因为怕侍弄不好,先后选择上好的送人,只剩下不到十盆,分别摆在卧室与客厅的窗台上、阳台的小桌上,按时浇水,心想老伴走了,这花也许就是人了。

未料不到月余,荷叶海棠,墨绿墨绿的,蹿起一米多高的枝干,叶子如伸开的巴掌,枝头抽出三个拳头大的花骨朵儿,含苞待放,坠得枝干下垂,我赶快用一条绿色丝带吊在挂窗帘的横钩上。第二天它就簇拥着绽放出一堆粉红粉红的小花,争闹着,嬉耍着,煞是喜人。几盆四季花、三角梅、铁兰也在阳台上相继开放,一茬接一茬,连连绽放,一个冬天都没停。这让我少了老伴儿离去带来的孤独与寂寞。我默默地想,这或许是老伴儿的赐予,或冥冥中在陪伴着我、安慰我也未可知。自古都道花解语,而今我谓花似人。这让我有了些许寄托。

不仅如此,今年腊月二十三过小年这天,早晨一起床就看见对红很鲜艳,红底儿白边儿的大花朵,足有小饭碗大,我刚想拿相机拍下来,一看还有两朵花苞也要展开,这时阳光透过玻璃洒落在花上,晶莹剔透,我疑心这是老伴儿回来祝福新年吧。我不能再等,对准镜头连连拍照,然后保存到电脑的相册里,并时时打开看看。待儿子孙女们回来时反复观赏。这还不算,腊月二十九这天上午,阳台上的一盆对红也开了,正好是春节前夕,于是我把两盆对红摆在老伴的遗像前,让她生前的爱花陪伴着她,让老伴的在天之灵感受到天上人间的春节气氛。一个正月里,我家都有鲜花陪伴。昨天又有两只对红花箭钻出,估算一下,女儿惊呼:"恰好是'三八'节前开放。这是我妈想回来与咱们一起过节了!"

如此,亲友、学生来拜年时,纷纷议论认为:事物的巧合,也许往往随着主人的意念相伴而生。一旦遂了主观意志,符合了心愿,应该就是所谓的心想事成吧!于是,我便赶快给老伴发去寄往天国的信,与老伴儿唠唠嗑,诉说着这花儿的美谈,也好让老伴儿的在天之灵因分享这份美好而快慰。

老伴儿啊，我要悄悄告诉你

——写于老伴去世三周年祭日

你匆匆地走了，
走得那么着急，
没有絮叨的嘱托，
也没来得及安排身后的事，
这让我后悔不已。

恍惚一夜之间，
你我阴阳分隔，
已经是两个世界里，
我恨自己有些话还没有说给你，
追述似乎也漫无边际。

早晨起来呆呆地看你的照片，
你安然的嘴唇轻起。
仔细倾听，
贴近耳根，
却怎么也没有声息。

我伸手抚摸你的额头，
没有丝毫的温度。
肌肤的感知，
似清风拂过，

69

没有踪迹。

躺在床上,
身边犹如还是你,
转过身是一堆书籍,
随手拿起一本,
原来是罗密欧与朱丽叶的演绎。

我忽然顿醒,
这都是白日梦,
五十年的岁月印痕,
初识,牵手,孩子,生存,家计……
有朝一日再与你仔细回忆。

兰花开时倍思人

老伴儿,你在天国还好吗?你还记得生前亲手栽的金丝兰花吗?

那时,金丝兰花刚刚缓过苗不久,还似襁褓婴儿,弱不禁风的样子,你就撇下了它,匆匆走了,把它留给了我。

小小的幼苗,羸弱的枝丫,在阳台上悄悄地矜持,顾影自怜。

几年之中渐渐长大,出落得像少女一般,亭亭玉立。

我不懂花性,刚开始,还疑心它是一棵大苞米呢。也不会侍弄,只是替你照例松土、浇水。没料到,上周蹿出一支长长的、细细的箭,我用你做活儿的皮带尺量了一下,长五十七厘米,箭上又生出十个各长十二厘米的分杈,每个长着一个花骨朵儿,沉甸甸地下垂着。

色白如玉,俨然一条条白色缎带,丰润颀长,秀色可人。前天,二〇一四年七月二十九日(农历七月初三)中午开花了。先开一朵,很香。

女儿晓琳把花盆搬到屋里,晚六点多另外九个骨朵儿一齐绽开了。芝兰之室,满屋生香花袭人;晚风斋里,馨香幽然花似人。看着她,我以为这就是你回来了。或许这是你对我的馈赠,或许是借花还魂,回来看看我。

可惜花有重开日,人无再少年。此时此刻,我多么希望你再活一回呀……

为了确认花的科目、名字,我在网上反复查找,按图搜索、对照。原来是一颗名贵的金丝兰。那么,何以为"金丝"呢?看来看去,豁然明了。那雄蕊、雌蕊,细若柔丝,花粉柱在阳光下金星闪闪,于是称其"金丝",也就名副其实了。又是兰花科,故名金丝兰。愈是明白,愈是让我后悔几年来同处一室,天天看着,愣是不知道她的高雅、尊贵。真的叫"入芝兰之室,久而不闻其香"。应了那句"其实生活中并不缺少美,许多时候,美就在我们身边,只是我们少了发现美的眼睛"。于是,我提起神精,赶快告诉几位好友,我的金丝兰开花了!

这盆兰花，长势喜人。绿绿的，油油的，很秀气，几年没开过，这是第一次开花。

人都说好花不常开，兰花尤其名贵。

我仔细观察，这盆花总共有十个骨朵儿，绽放后每朵花有六片洁白如玉的花瓣，每片长十至十二厘米，宽一点一厘米，有一条细细的十厘米长的雌蕊，从花的中心发出，每个花瓣都有一个对应的雄蕊，长六至七厘米，每个雄蕊前端都有一个花粉棒，一厘米长，茸嘟嘟的，很饱满，排列整齐，煞是好看。

六个雄蕊围着一个雌蕊，那可能就是一个小家族。十个小家族组成一个大家族，繁衍生息很是旺盛。

兰花异香，好看。我拍了约二十张照片，又请咱同楼的王先生用长焦相机拍了几张，留个纪念。他也说第一次看见金丝兰开花。

老骆等几位老友听说兰花开了，也前来观看，还说这花让人开眼界。儿子、孙女也都说好看，一时五六个人围观，好不热闹。这花色、香、味诱人。因为都没看见过，感觉新奇，可谓一饱眼福。

今天给你也寄去一张照片，你与儿媳艳丽一同欣赏欣赏吧！见花如见人，花即人。

物是人非花犹在，疑似你回我身边。人谓花解语，我读花似人。

二〇一四年七月三十一日十七时十分

金丝兰，你好美呀！我的信使！

老伴儿啊，多想再给你做一碗鸡蛋水

　　老伴啊，屈指算来，再有几天就到你的祭日，你已经走了整整三十六个月了。记忆满满！常常会看看那段录像。在告别仪式上，教友们唱赞美诗，祝愿你去天堂，我也愿意相信这是真的。你告诉我，天堂里还好吗？记得电影《洪湖赤卫队》中韩英唱的"人人都说天堂美……"我不敢想象，咋个美法？美到什么程度？是住的琼楼玉宇，还是喝的玉液琼浆，抑或吃的王母蟠桃盛宴，服用老君炉炼制的妙药灵丹？还是人人快乐，福寿共享？有没有李白说的"霓为衣兮，风为马"？或许是"天上的街市"？你能告诉我，那是虚幻还是真实吗？让我惦记的还有你的早餐，有没有我给你做的那碗鸡蛋水好吃呢？

　　你一辈子会做吃的、穿的，也乐于讲究吃喝穿戴。即使咱家过穷日子时，你也能弄得像模像样，即使土豆、白菜、萝卜、大豆腐也都能吃得可口、舒服。随着生活条件的改善，你愿意吃排骨、烤鸭、炸鸡腿，但在你病重的几年里，什么也吃不下去，喝牛奶都消化不了，营养品也吃不下去了，还是国胜听他的同事说喝鸡蛋水也有营养，那时你自己还能做，试着喝喝，别说，还就一发而不可收了，这一喝就是三年啊，成为你每天必备的早餐饮品了。

　　后两年来，你行动困难，手脚也不灵活了。这做鸡蛋水就自然是我的活了。然而，我的技术、水平都远不如你。记得有一次我搀着你去厨房给我做个示范。用碗量水，搅拌鸡蛋，水烧开后淋到勺子里，蛋液成一片一片的，薄薄的薄膜状，蛋清在水里漂浮如澄碧天空之中片片的白云，蛋黄有如夕阳西照时黄白相间的彩霞，煞是好看。不要说吃到嘴里，就是看着，那感官色调犹如夕阳彩照，宛然一碗翡翠似的艺术佳作——雨后斜阳般飘逸的画卷。难怪你竟然吃上瘾了。碗凑在嘴边，嘴唇轻轻一吮，蛋片便吸入口中，比小孩裹奶还轻松许多。

　　尽管我按照你的方法，试着做了，却怎么也做不出和你做的一样可口的鸡蛋水。我又买来农家家养鸡蛋、乌鸡蛋等多次试验，勉强达到最低水平

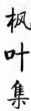

线,只能将就着吃了。

有一天,我做成了一碗疙疙瘩瘩的鸡蛋水,你一看就呕了,让我重做。第二碗鸡蛋块太大了,你说吃不下。第三碗又成了蛋沫沫了,你气愤,我心急。我知道病人心焦,于是做了第四碗,结果还是鸡蛋太厚了。不知道怎么了,心越急,越做不好。你心烦,又饿了。我正无奈时,门铃响了,开门一看,原来是你的三个妹妹从茂兴看你来了。看我端着碗,问我忙啥呢。我说鸡蛋水没做好。老妹说:"我来做。"我也像见到了救星似的。

几分钟,一碗鸡蛋水端上来,你虽然还不大称心,但亲妹妹大老远来了,又是亲手做的,终于吃下了那天的第五碗鸡蛋水。我也如释重负,驱散了脑子里这迷蒙的一片云雾。真是来得早不如来得巧。

人们往往是心烦意乱,做不好事情,越是急三火四,越是爱出错,做事不能尽如人意。所以,养生讲究的便是心平、气定、神闲、静谧。

老伴儿啊,你走得早。是啊,"人生不满百",难有"三万六千日"。梦中期待"别君去兮何时还?且放白鹿青崖间"。

今天,我仍然记起那鸡蛋水,因为那就是你我生活里一个画面的真实写照。其实,我真的还想给你再做一碗夕阳西照似的鸡蛋水。也许人生的美好就这么简单。

这是我的一份祭礼,敬祈安享。

作于二〇一五年二月二日早六时四十分,修改于六月十三日五时二十八分

爱 的 心 绪

爱,信守一生,一世,
初衷不变。
仰望沉默的苍天,
目视你远去。
众里寻觅,
左顾右盼。
而你却穿梭,变换,飘逸,
辗转于风花雪月间。
你忘记了,忘记了,
全然通通不顾当初一见钟情的誓言。
什么情意、应允、思念,
亲昵、狂吻与波澜。
统统都扔在脑后,
似乎从来没有闪现,
影像全无,踪迹荡然。
一方宁愿恪守当初的誓言,
哪怕只是那么一丝心仪的牵念,
一生的青春、深情、诺言如石如磐。
满头的白发已如峰顶雪巅,
仍旧痴心岿然。

二〇一五年九月二十六日十时二十八分

人间三月是真情

75

和老伴儿唠唠嗑(一)

秀芹老伴儿啊,你还好吗?

元旦已到,春节将至,又是一年家家团聚之时,但我和你却是团圆年,难团圆。

去年,即二○一二年农历六月二十八中午十一时十分,你在医院永远地离开了我。

我去殡仪馆看你,你躺在床上,双目紧闭,任凭呼唤,一言不发,怎么也不回应。第三天,你的灵魂与肉体飘然升天。

转眼已经十七个月零一天了。我给你写了一百封信,你一个字也不回,似笑我傻帽儿,竟然不知道你已去了天堂了。

你哪里知道,我真的无法接受你走的事实。我情愿装傻,我每天都生活在回忆里。

我知道,人生相伴是暂时的,时光是有限的,分离才是必然的、永久的。

你我刚刚过了金婚,你就撇下我与女儿,毅然离去。

相识有时,分离无限。

你走得洒脱,我过得困惑。你虽然潇洒地走了,却留给我许许多多的回忆,思念,难舍。记得我和你第一次见面就有似曾相识的感觉,也许是老天给我俩已经安排好了。

初婚的美好,孩子出生的喜悦……你做的千层底、软帮鞋,用手绢给孩子缝制的花色衣裙兜兜,赢得了同事、街坊邻居们的夸奖。你还做得一手好饭菜,在最困难时,买二斤"脖头肉"过个年,还能有滋有味儿地招待客人……

老伴儿啊,你随我过了不少苦日子。因自己没房,几经辗转搬迁。记得那年(一九七五年)万般无奈,大表哥伸出援手,在表哥家的东厢房住了五十六天,你却受到表嫂的白眼,你委屈地哭诉,我很内疚。

曾经有邻居硬把两家之间的院墙砌过咱家一尺,你生气,我给你念林则徐的家信"千里寄书只为墙,让他三尺有何妨。万里长城今犹在,而今谁念秦始皇"。你终于说"那就别争了"。

十年后,咱家有楼了,原来的一位邻居来串门,你招待他吃饭,他懊悔地说:"还是哥嫂有修养……"

你跟着我折腾来折腾去,生活虽然窘迫,你却经营得有条有理,吃穿都像个样。来人去客,礼数周全,无可挑剔。

五十年来,我舍不了你,你也离不开我,就这样相依相伴,不离不弃。本来我俩共同照顾病态女儿,如今你却心脏病复发,扬长而去了,留下我独自支撑这个家。

如今虽然阴阳两界,天地相隔,但女儿一直说你还在医院,常把苹果、葡萄、瓜子放在你相片前,有时还给你唱个赞美诗,大概心里想着让你享用或听听歌吧!

此情此景,苍天可鉴,目不忍睹。怎能不让我心酸,思念,难过呢?

老伴儿啊,多想和你再唠唠嗑,听听你的唠叨……

然而这些,都已经成为奢望。

老伴儿啊,唯愿你在天堂里过得好!

二〇一三年十二月三十一日六时十五分

人间三月是真情

77

和老伴儿唠唠嗑（二）

——对红花开倍思人

老伴儿啊，春节就要到了，你还好吗？

我带孩子来看你了，你看到了吗？我带来了你最喜欢的礼物。

你亲手培育的两盆对红，年年春节前开花。去年腊月二十三过小年那天，屋内窗台上的那盆开花了，连续开了两期，先是四朵，大而且艳，正月初五又开两朵；阳台上的那盆除夕夜开了四朵，似乎告诉我你就陪伴在我的身旁，我睹物思人，见花如见人。一时不知如何是好，只是相视无言。

今年又是腊月二十三过小年这天开的，阳台上的那盆先开了，四朵，硕大，这或许是你冥冥中的暗示，抑或你的灵魂归来，陪我与女儿过年，以减少我的思念与寂寞，是吗？俗话说：人非草木，孰能无情，我以为花木无言却有情，要么怎能如期而至呢？我不能自已。于是剪下花朵最大，花蕊初吐，势头最旺的一枚，乘车匆匆送来了，用透明胶布粘贴装点在你"居室"的门楣上。让你与我共享鲜花的美艳、芳香，就让这鲜花的灵动，传递你我心中的思绪、惦记抑或不舍之情吧。此时此刻我怎么能不想起：年年岁岁花相似，然而物是人非，岁岁年年人不在了的悲情与感伤呢？你一定看到了吧，欣赏了吧，嗅到花香了吧？我相信人不如草木，草木尚且生生不息，年年开放，且时令不差。这岂不是感时花溅泪，恨别"人悲心"？

老伴儿啊，你辛苦一生，匆匆地走了。当你离开这个世界、这个家的时候，却把花留在世上，留给这个家。就让它代你陪陪我们，给这个家一分希望与温馨的气息。花色美艳，给人观赏；花香宜人，消除愁绪；花株笔挺，给人力量；枝叶翠绿，净化心灵。这是你对我的用心良苦，对孩子们的宝贵馈赠。抑或你临行前觉得"流水无情，鲜花有意"而巧妙地安排，这就与刘禹锡的诗句"道是无晴却有晴"不谋而合。让我由衷地说声"谢谢你了"。

老伴儿啊，可惜的是"花有重开日，人无再少年"。你去了天国，我已垂垂老矣，空有所盼，人无再聚。天地何公啊！就让花的信使问候春节好吧！

老伴儿啊，都说灵魂有智，你在天堂里如闻到花香，嗅到我的气息，唯愿花的信使见到你的时候，回复我吧，哪怕是一个梦境，一个信息闪现，一个影像，即使转瞬即逝。我相信人也好，花也好，人间有情花有情，心有灵犀心相通。静候你，哪怕仅仅是一个微笑，一个回眸。

二〇一四年一月十八日早四时零六分

人间三月是真情

和老伴儿唠唠嗑（三）

老伴儿啊，你还好吗？今天是端午节了，晓琳说早晨要来包馄饨，让我和面，我还要煮茶蛋。然后，再去贴租房广告，去早市买菜。让儿子三口也都回来过节。

对老人、病号来说，过一次少一次啊！难得一家人在一起聚一聚。可惜你呀，回来吃点吗？

要知道，一家人相聚就是人生的幸事，对你而言是可望而不可即了，我呢，一旦动不了了，也许有一天相聚就是奢望了。一想起来，简直很可怕呀！但是人生迟早会有那么一天到来的，这是铁律，不容你左右，担心也无用。不是吗？只争来早与来迟啊！

于是，别想那么多了，活一天算一天，得一天乐一天。想通了，就这么回事。你说呢？这不是给你邮去个茶蛋和粽子吗？外加一支冰激凌，一枚核桃，两枚远方寄来的坚果——"三只松鼠"牌的。你尝尝吧，端午小吃，人间烟火呀！也算共度端午了。

大刚与孙女去看你了，你知道吗？

二〇一四年六月二日（农历五月初五）早四时四十五分

和老伴儿唠唠嗑（四）

　　老伴儿啊，今天二〇一四年九月八日，农历八月十五，中秋节。上午，儿子、孙女去看你与儿媳了。你知道吗？

　　转眼你在天国已过了三个中秋节了。你过得好吗？

　　我与老儿在家，每日里吃喝拉撒、写字画画，还带她锻炼。日复一日，年复一年，不知道啥时候是个尽头。还好，她一直以为你在医院，怎么也不说你去了天国，从来不说一个"死"字。其实我也希望自己真的傻了，那样就毫无牵挂了。

　　过节，我却来病了，点滴八天了，仍旧咳痰，偶尔带血，浑身乏力。感冒了，支气管扩张、肺炎。真有点力不从心了。无奈，还得支撑。大夫让我住院，怎么住啊，我扔不下这个家，扔不下老儿。

　　过节了，跟你絮叨絮叨吧！

　　顺便给你发送月饼，就算你与儿媳饱饱眼福，饱饱口福吧！不枉过个中秋节。

二〇一四年九月八日十五时十六分

人间三月是真情

81

和老伴儿唠唠嗑(五)

　　老伴儿啊,你记得吗? 今天是二○一五年三月十日,乙未羊年,正月二十,老儿春华生日。早晨我给她用熟鸡蛋滚运,她还在沙发上睡觉,我轻轻一转鸡蛋,呵,鸡蛋转得溜溜圆,转了好几分钟。我仔细观察,心想上天眷顾,老儿可能好运气,要么咋转得那么好,时间那么长。我暗自欣喜,默默高兴,似乎也是一种心灵的安慰。不由得眼泪就来了,跟谁说说呢? 进屋里一看,老儿还在呼呼大睡。我悄悄给老儿过生日吧! 不知道你还有没有这种心灵感应了。

　　一上午,烧猪手,用刀刮,用开水焯,然后再用大锅烀,直到十二点才熟,再用调料酱一会儿。中午孩子们都回来吃了。

　　今年溜溜、旺旺都给老儿买了生日蛋糕,有水果的、巧克力的,带两只四字的红蜡烛,表示四十四岁生日。这一行动也算是用心了。真希望我将来不在时他们也能做到。起码是一种心灵的安慰。晓琳买了一条鲤鱼,做了六样菜,还算丰盛。满足了,你说呢?

　　午饭后已经一点多了,孩子们走时我让一家拿两个猪手,回去吃吧。

　　我给老儿照了几张照片,给旺旺、溜溜也照了一些。给你也发去一张,看看咱的老儿吧! 也许这才是最好的礼物。

二○一五年三月十日十五时三十分

和老伴儿唠唠嗑（六）

老伴儿啊，你好吗？

今天是清明节了。你怎么过的，天堂里有什么活动？前几天晓琳去给你送鲜花了，今天大刚与苑圣诗也去了。我没去，在家陪老儿，做饭，烧排骨，你能回来吃点？真希望与你共进午餐。

我写了一篇赞美咱亲家的小文，其实是纪念咱儿媳的。是亲家说的一句话让我感动不已——婆婆也是妈。他说咱儿媳是去天堂陪你了。这么说对吧？寄给你看看。

亲家给我养了一个好儿媳

我有个通情达理、善解人意的亲家，今年七十二岁了。

自从结为儿女亲家，一向相处甚笃，他与我相距千里，每年只能见一面，唠唠嗑，聚聚餐，聊聊家事国事天下事，叙说叙说孩子、大人的境况，沟通沟通对家国时事的看法、想法。大多谈得来，颇有共识。所以，虽然见面不多，似乎心灵多有相通。我也常为有这么个亲家老弟觉得心满意足。

可是世事难料，去年七月十五日，儿媳不幸因病"走"了。作为父亲，他很悲痛，我也泪湿不干。就在处理丧事时，他来到我家里，本该是我劝他，反而成了他劝我。他的好女儿，我的好儿媳，孝亲理家，往事历历在目。我们唠起多年来的家事来。

记得十五年前，居委会评选五好家庭，发了一张传单，印着评选条件。儿媳下班看到了，跟婆婆唠嗑说："她们评五好，咱家应该评六好。除了家庭和睦、孝顺父母……咱家还多一项，全家合力照顾患病的老妹，关心弱者。"一句话说得婆婆的脸笑成一朵绽放的花。全家人也一致称赞。她是这么说的，也是这么做的。

儿媳上班在我家楼前经过，总要进屋看看有没有啥事；有时看见我们在

人间三月是真情

外边晾晒的衣服、被子干了，赶快送上楼来；自行车停放在外边，她主动给挪进车棚，省得我们上下爬楼梯太累了；下班回来，进屋先看看婆婆，然后换上衣服，扎上围裙就做饭。

其实，儿媳很要强。刚结婚时，她不会做菜，面食更不会，但虚心学习，几年后，炒菜、烹炸样样都行了。地三鲜、芹菜炒粉是她的拿手菜，凡来客人，餐桌上的这两道菜都是她亲手做。发面、蒸包子也是一学就会，越做越好。

不仅如此，原本她不会针线活，自谓横针不知竖线。因为从小在家没摸过针头线脑。但她自己觉得女人不会针线活是缺憾，于是报名参加缝纫班学习了三个月，很快就熟练地掌握了裁剪、缝纫的技术。不仅自己的衣服自己做，就连公公、婆婆以及有病的妹妹的活计也都争着做。她给我做的马夹、裤子，给她小妹缝制的上衣、裤子，改的大衣，穿着都很合体，至今春秋两季还常常穿。而且她常与婆婆商量改衣服的方法，成了全家针线活的主力。

她的文化知识基础牢实，虽说只是高中毕业生，辅导孩子初高中的数理化课程，样样到位。她也是我们家的理科"首席"教师。

自从婆婆病重，只要下班回来，就先看看婆婆，做点可口的饭菜。有时还帮婆婆擦洗身子、洗头、洗脚、倒便桶，脏活累活都干过了。凡三四年时间，任劳任怨，从无一句牢骚话。有人说对婆婆过得去就行了，她却说："婆婆也是咱的妈。"

婆婆也是妈，这话让我感动。话看似平常，却流淌自内心。它是人性理智的升华，也是维系家庭关系的纽带。

几十年前曾有人说，谁要能处理好婆媳、姑嫂关系，谁就能得诺贝尔奖。话虽有点戏谑的味道，却也正如戏剧《小姑贤》演绎的一样。

我的亲家说："大哥，别难过了。小丽她'走'了，那是去天国陪伴伺候她妈去了。婆婆也是妈呀！"

亲家的善意、豁达与开朗的心胸让我感动、佩服。我想，也正因为有这样的父亲，才有这样的女儿。

我痛惜失去了一个好儿媳，但还有这样的亲家陪伴，我知足了。

笃初诚美，永志不忘。

二〇一五年四月二日十五时三十分

和老伴儿唠唠嗑（七）

老伴儿啊，你记得吗？那天我给你写了一篇《老伴儿啊，多想再给你做一碗鸡蛋水》，为的是纪念你去世三周年。

今天，是七月十五日，儿媳去世一周年的祭日。可怜的孩子啊！走得太早了，年纪轻轻就离开了亲人，太可悲了！一想起来就流泪。有什么办法呢？我只能用这种纪念文字表达心境，以示纪念了。

刚才我打开电脑看照片，看见儿子、儿媳的结婚照片，抱着小时候的旺旺的照片，与亲友的合影，全家的合影，旅游的纪念照片，那是曾经的幸福，如今已经物是人非了。我止不住地流眼泪，对谁哭泣，为谁可怜？老天为什么不公道，上帝咋就这么捉弄人啊！

一幅幅照片、一个个面孔、一件件往事，甚至一盘炒芹菜粉、一件一针针缝制的衣服，都让我心里直翻腾。尤其是每次穿着儿媳给我做的那件马甲，心里太不是滋味了。这都已经成为纪念，变成伤心的泪，淌自心里，流在脸上，是永远也擦拭不干的泪水。

睹物思人，孩子呀，好可怜啊！

老伴啊，你照看照看她吧。诚如亲家文远说的："她是去照看婆婆去了，婆婆也是妈。"这句话言犹在耳，铭记于心，让我有生之年感动不尽啊！

你们娘俩有个伴儿，不孤单了。安息吧！

二〇一五年七月十五日十六时零四分

人间三月是真情

85

和老伴儿唠唠嗑（八）

七夕感言

老伴儿啊，今天看看日历，又到七夕了，写几句话给你。

年年七夕，
今又七夕，
一去三年整，
思念韧如丝。
谁晓得，
蹚过忘川河，
喝了孟婆汤，
走过奈何桥，
方知一切了了。
如今，
天国可好？
饮食居住无虞？
人人平等，
各取所需。
无生存之忧，
冻馁之苦，
人生之虑全消。
霓衣风马，
美酒佳肴，
生鲜果蔬尽有之。

歌舞升平，
尽享福祉。
风和日丽，
乐土天地，
诸事逍遥。
五十年朝朝暮暮，
半世纪点点滴滴，
风雨严霜已过，
爱恨情仇远离。
静候吧，
相见会有期。

二〇一五年八月十九日十时零八分

人间三月是真情

87

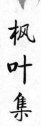

谨记"月是故乡明"

——给月儿的信

小月：

刚才接到某报编辑电话，她说中秋快到了，问我想写点啥。幸亏她提醒，让我记起前天我们爷俩视频时的话题：为了中国伟大复兴的梦想，一代又一代的有识之士，不惜苦苦寻求，也有的如你者远涉重洋，以求学业有成，报效祖国，留下许许多多的美谈。

小月，中秋来临，"一千里色中秋月"，你我举杯相邀共赏时，怎能不忆起当年那些胸怀壮志的莘莘学子？记得报载，老一辈领导人周恩来一九一九年从南开大学赴日留学时的誓言："大江歌罢掉头东，邃密群科济世穷。面壁十年图破壁，难酬蹈海亦英雄。"这首壮志凌云、大气磅礴的七言绝句曾激励过多少有识之士呀。蔡和森、朱德、邓小平……也曾在法国建立留法支部，与在国内的毛泽东领导的运动相呼应。我国的导弹之父钱学森、著名核物理学家邓稼先，还有秋瑾、鲁迅、李四光、季羡林……数不胜数的先辈们，哪一个不是在异国他乡求学，而后学成回国的。

小月，你想，曾经的岁月何其艰难，但是先辈们矢志不渝地心系祖国。人虽远在异国他乡，早已归心似箭。

顺便告诉你，如今全国各地广纳贤才，咱大庆市正在规划建设国际化大都市，也早就出台了关于海归学子创业的优惠政策。给正值后续社会的年轻人创新，发挥才干奠定了利好基础与契机。

月儿，学业有成之时，便是报效祖国之日。记住，"月是故乡明"，切勿"乐不思蜀"。

趁酒兴赏月，赠月儿一首诗共度中秋：

苏子"把酒问青天"，柳氏"索句渝州叶正黄"。

同是一轮金秋月,几度圆缺几度偏。

改革开放三十载,奥运期盼一百年。

喜圆复兴中国梦,"歌声唱彻月儿圆"。

家父
于二〇一三年中秋

人间三月是真情

闪现亮点的喜悦

——带病态的小女儿看荷花

　　昨天大女儿、女婿开车过来,说是大庆的荷花开了,去看看。我顺便带上因病一向蜗居在家的小女儿,想让她开开眼界,见见外边的风景。

　　大约二十分钟车程,到达龙凤湿地桥下。好大的一片水域,开满了荷花。为了看个清楚,我们乘坐一只小船,直奔荷塘腹地。我请求船工靠近荷花,船行中用手触摸荷叶、花蓬,水凉凉的、清清的,荷叶有小蒲扇大,绿油油的,静静的任你拍照。船工很是给予方便,我等一连按下快门,约十五分钟竟拍下一百零三幅照片。

　　小女儿看着荷花,一反平日里郁闷的常态,而是神情满足,脸上流露出笑意,表情格外阳光,我赶快给女儿连拍下一幅幅照片。问她荷花好不好,她竟然开口就背诵起"毕竟西湖六月中,风光不与四时同。接天莲叶无穷碧,映日荷花别样红"。而且是那样的自然、流畅,与景色和谐。这是我万万没有想到的。这件事情启发了我:无论怎样封闭的心灵,只要恰到好处地引导,都会打开心扉。

　　回到家后,她竟然摊开一张白纸,画上水纹,勾勒出几束虽然不着色彩,却也有个模样的荷花,在边上写上:半亩方塘一鉴开。这让我心里敞开了两扇门。我想,她平日的抑郁或许是我的失误,如若及早引导,或许心灵的伤痕应该早已痊愈。我禁不住自己问自己。

　　世上也许没有打不开心灵的钥匙,更没有永久尘封心灵的锁。

教孙女做千层饼

孙女回来说不愿意吃饭,问她咋了,她说在食堂天天吃米饭、馒头,要么面条,都吃厌了。啊,原来是需要换换口味了。好办。前些日子,《天天饮食》节目中,国家级面点大厨俞世清教观众做千层肉饼,今天咱也做做?孙女一听高兴了,说:"爷爷,我跟你一块做。"这兴趣来了,胃口岂能不好?

说做就做。我给孙女示范如何快速发面、切肉、拌馅,一边讲解,一边做。我告诉孙女,大厨做的是肉馅,我们再做一样火腿拌馅,这叫学有创新。孙女乐极了!当两样馅料预备好了,面也发了。

孙女揉面,然后揪成两个剂子,再擀成圆饼,按大厨的方法,用刀在圆饼中心向外切开,把馅均匀地涂在饼上,边界处留一指不涂馅,然后以扇形折叠多层,形成一个扇面饼。用手稍稍一按边缘以免油流出来,再用擀面杖轻轻一擀即成。

不粘锅锅底抹少许油,待油四成热时,用手一晃,油分布均匀。把大饼轻轻放在锅里,几秒钟后,转动大饼,约两分钟,轻轻一翻,两面烙至金黄,饼松软即成。油汪汪、香喷喷。起锅上盘。稍稍一晾,用刀切成等腰三角形若干块。

如此,满屋生香,胃口大开。孙女亟不可待,大口大口地吃,边吃边说:"真香,真好吃。咱'苑式大饼'又出新花样了。下次多做几样馅,一周换一样。"哈哈,这是吃出馋虫了。

其实,就是带孙女乐和乐和,下厨练练厨艺,也顺便换换吃法,调动调动胃口,一举多得。哄孩子玩玩,乐哉!优哉!

人间三月是真情

乐为儿孙做面食

　　家里发生变故，儿子又要带孙女，又要上班，还要忙家务，加之情绪低落，吃饭也多半对付了事。我看在眼里，痛在心上，担心时间长了他身体承受不了。但我年事已高，帮不上什么大忙，只能做些力所能及的事。索性给儿孙蒸包子、馒头，早晚餐热热就可以了。总比买的吃着可口，方便又安全。

　　凭借退休后十几年的做饭经验，再加上看天天饮食节目，首先解决的是发面这一技术问题。先后用过小苏打、泡打粉、面碱，在失败中摸索出门道。其实，还是按照面点大厨俞世清师傅的泡打粉与酵母两者结合的办法最为便捷。几经试验，水平也渐渐有所提高，日臻熟练。

　　包子的馅料自己调。开始时，春夏两季多半吃素馅，青菜不断换样，而秋冬季则以牛、羊、猪肉掺白菜、萝卜。有时还要做豆包，平时多用芸豆、红小豆，每逢春初，阳气上升，易于上火时，都要做几次绿豆馅，解毒、去火。次数多了，怕吃腻了，吃乏味了，我还时而做些花样，如黄油包、糖包、千层卷、肉卷、果酱卷。这样调节调节会有新鲜感，或许还有一点惊喜，能吃出点乐趣。每周六儿孙回来聚餐，我就蒸两大锅包子、馒头，五六十个。吃一顿，他们回家时再拎回去，足够一周的早晚餐了。

　　偶尔也换换花样，做发面饼、枣泥饼、豆沙饼、千层饼、果味饼、南瓜饼、芋头饼以及三丝饼。孙女说："咱'苑式大饼'也越来越升级了，爷爷该考面点师了，咱家就是面点世家了。"

　　有一次，外孙从学校回来问我："姥爷，今天吃点啥呀？"恰好前几天看了《天天饮食》节目教做热狗，于是见一样学一样。一边发面，一边准备火腿肠、果酱、竹签、糖、油……然后带着外孙一起按照大师教的制作程序如法炮制。别说，还真像模像样，外孙吃高兴了，拿出手机拍照，顺便发给了他的小妹。我还没吃几口，孙女就在天津回复说："爷爷，我也要吃热狗。"

　　前几天做了千层肉饼，那叫一个香啊！孙女一边吃着，一边给他的同学发图片,同学回复说:"你爷爷真棒,吃饭还哄你玩儿,真叫我羡慕啊!"

给儿孙们做点吃的,我越做越有兴趣,越做越感受到天伦之乐,越做越体会到家的温馨,我也因为劳动与学习而体会到了老有所乐。我在厨房里有意外收获。

不仅如此。我这一大家三小家集中制作,省原料、燃气、水,又节省时间。节省的时间用来学习、活动、娱乐多好啊!

我心想,全家动手,孩子们来了都参与,乐乐呵呵一起做,又卫生,又安全,吃着放心,也是乐趣。还能帮孩子们一把。一举多得。这是千金难买的好事,何乐而不为呢?

人间三月是真情

93

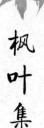

我给外孙女做热狗

　　周日，外孙女打电话说来吃午饭，问我做点啥。这年龄多大也还是小孩子气。我灵机一动，就说："昨天看《天天饮食》节目，国家级面点名厨俞世清师傅教做热狗，今天给你也尝尝新鲜。"电话那边："外公真好！"

　　于是我就预备鸡蛋、奶油、面粉、泡打粉、酵母、糖、火腿肠、小竹签，一应俱全。然后，按工序如法炮制。我是一边做，一边回忆大厨的程序。待到金黄的热狗出锅盛盘，忽然觉得少点啥。仔细一想，啊，原来还缺青菜、奶油装饰一下，赶快补上。

　　别说，还真像模像样。外孙女迫不及待地开吃了。一边吃，一边品评，说好吃是好吃，就是没有果酱。对呀，我怎么忘了一招呢，看来下次还得买果酱啊。

　　吃着吃着，她拿起手机拍起了照片，立马发给了远在天津复习考研的表妹，就是我的孙女。没想到，这边一个热狗没吃完，我的手机响了，天津的孙女说："爷爷，我也要吃热狗。"我只好回个信息说："你考中归来，爷爷给你做'金狗'奖励奖励。"别说，用热狗鼓劲、加油还真有点情趣。万没想到，做热狗还有意外收获，哈哈！

为孙女开车超速被罚"点个赞"

这话，听来不近人情，我却是认认真真的。

前几天，孙女打开手机一看，收到一条信息：因你的车超速，一次性扣六分，罚款二百元。孙女一愣，紧皱眉头，立即上网查详细记录。事实就是事实，时间、地点、车速等情况记录翔实，毋庸置疑。不得不认账，心里却不平静。

看孙女心烦，我却哈哈大笑，连说"好事好事"。这让儿女们很不解。女婿还说："人家挨罚，老爷子还乐和。"似乎是我不近人情？我当即回答："的确是好事！"这话，让人听了一脑袋糊涂。

按说孙女是个行事很谨慎的人，开车一两年了，从没违章过。现在是技术越来越熟练，速度越来越快，规章制度越来越谙熟于心，自我感觉越来越好，大有熟能生巧之感，技能过人之觉。常言道：技高人胆大，心疏事乃生。这是老辈儿人留下的经验，也是哲理。因为孙女总也没遇到过挫折，最易心生疏忽，久而久之，容易自认无事，反倒易于有事。一帆风顺时，遇到风浪骤起，更容易处理不妥。这么个小小的教训，在我看来，来得正是时候，促使孙女引起注意，岂不是好事？

扣六分，罚二百元，小意思，买一个大教训，多么划算啊！开车时，时时刻刻都要小心谨慎，万万不可粗心大意，时时不能放松警惕，为他人，也为自己的安全，心里的警钟应长鸣。

坏事也会有好的结果。我跟孙女说："这个警钟早晚是要敲的。早敲比晚敲好，总比事后诸葛亮好。这就叫吃饭防噎、走路防跌，凡事防患于未然。"我孙女聪明，凡事轻轻一点拨就理解了，反啼为笑说："谢谢爷爷，如此看来，这'学费'交得还真值了。"

记得作家杜鹏程在《严峻而光辉的历程》中说："年轻这个字眼值得羡慕，它象征着生命和力量，但也往往因为年轻的缘故而易于铸成一些过错，

人间三月是真情

枫叶集

这些过错也许使你终生难忘。"如果说经验是宝贵的，那么教训又何尝不是人生历程中不可或缺的呢？

伟人说得好，错误和挫折教训了我们，使我们聪明起来了，我们的事情就做得好一些。如此看来，从长远计，这难道不算是好事吗？

于是，孙女心也平了，气也和了，心甘情愿，拿起手机高高兴兴地上网交费了。

写作后的感悟：严格执法无盲区值得点赞；警示司机防患于未然值得点赞；年轻人买教训，学会辩证地看问题，变不高兴为高兴，心悦诚服地接受处罚，值得点赞；爷孙互动，教育后生学会做人，利己、利家、利社会，也值得点赞。所以，文章标题用个"点赞"增添了趣味性。说明作者对待处罚有正确的态度。

有学生自远方来，不亦乐乎？

　　我一生从教，自然接触的是学生，服务的是学生，指导的是学生，心里装的还是学生，几十年来与学生相处甚笃。得到学生的关注、支持、帮扶甚多。退休多年，每每放不下的还是学生，割不断的情结仍是师生情。这或许是从教者的共识。

　　一九七二年的一天，天刚蒙蒙亮。早晨起来，见窗台上有一个小纸包，拿起来一看，四只蘑菇，下面有一张字条：老师，我从北山里回来，自己采摘了几个猴头，给您品尝品尝。因为匆匆赶车，只好放下便走，回来见。署名是刘凤士。原来只知道猴头、燕窝、鲨鱼翅是名贵食材，却未曾见过。这是千里之外带回来的，可谓礼轻情意重。我感动的不是猴头，而是这份师生情谊。

　　一九七三年，我因变卖房子，几经搬迁后，住进城郊表哥家的东厢房。一天，外边有人找我。一看，是"文革"初期被发配时教过的学生周占武。多年不见，他说："老师呀，你让我好找。从哈尔滨回来，下车就到你家去了，听说搬家，我一路追踪，走了五处，见人就问，可算见到您了。"他手里拿着车票说："本来想唠唠嗑，可是一路找来，白白耽误了五个小时，现在距离开车还有三十五分钟，我不得不走了。"我被那份寻找老师，哪怕仅仅匆匆见一面的真诚感动了。那三十五分钟，我陪他去车站，一路上来不及说啥，不禁回忆起"文革"时在二站中学的一幕幕。

　　大约是一九七四年秋，一位背包客敲门，一看，是自湖北江汉油田回来探家的学生蒲文起。他满头大汗，进屋就打开背包："老师，这是湖北大米，特意给您背回来的。"我怔住了，不知道说啥好了。自古有言：千里不捎针。可他远自六七千里外，用肩头扛回来十斤大米。我们说了几句话后，他要回家看父母。我让他给父母带回去尝尝，他说："老师，我大老远背回来就是要给您的。"我看着那洁白的、晶莹的、珍珠似的米粒，仿佛粒粒都是汗水，颗颗

97

都是真心。我怎么舍得吃呢？于是，我当即写下《十斤大米值多少》，后来，发表在《家庭文摘报》。这是情，是意，是用什么都无法衡量的师生友情与敬意。这该怎么计算呢？

一九八○年春节，学生燕子回家探亲时来看望我。见我还是住着一间半的拉合辫式土平房，生活清苦，体谅老师的难处，提议给老师换个环境。又恰好大庆正在全省范围内招聘教师，于是介绍我参加考试，凡二年运作，终成现实。我跻身大庆教育行业，成为大庆教育界的一员。至今已三十三个年头了。

直至近几年，网络普及，信息化快速发展，学生不再千里跋涉来看望，而是打个电话、发个短信或视频面对面唠嗑。广州的春波、哈尔滨的小明等，常常聊天。小明近几年来热衷于创作歌词，现已发表数十首，开过几次专场音乐会。他经常把歌曲录制给我，让我随时欣赏，有时还让我提建议。我也把作品给他看看，师生互动，乐此不疲。我写了《网络畅叙师生情》一文，发表在《老年日报》上。这或许就是教师，尤其是退休多年，且年事已高的老教师的一份特有的待遇吧。

二○一三年农历四月二十三（即公历六月一日），正值我七十八岁生日。突然，长福等五人前来看望。不知是巧合，还是心有灵犀。这不期而至的是三十五年前的学生，他们远自肇源，近在大庆，想起当年的老师，又不知近况，相约看望。不知年届高龄的老师是拄杖前行，抑或轮椅代步……便匆匆赶来。一见面，见我面色红润、声若洪钟、步履轻盈、精神十足，似乎还是三十五年前的老师，很是惊讶，兴奋之情溢于言表。我倍感生日增添了喜庆气氛，色彩顿生。我赶紧拿出相机拍照留念。他们见老师上网、写文章，与时俱进，紧跟信息化时代的步伐，坚持要把老师的文字印刷成书，留作纪念。热情把老师与学生都带回当年的课堂，着实让我年轻了十岁。

往事如昨，历历在目。我，看到昔日的学生娃成为今天的社会栋梁，学有成就，事业蒸蒸日上。由衷的感到这就是老师知识的升华、学业的延续，也是当年寄予的希望与理想的实现。一种付出有所回报的满足感油然而生。

我想，假如人生再来一次，我还是要选择教师这个职业的。

菱角情深深　师生意浓浓

　　我的家乡肇源县,可谓依水而生的"鱼米之乡"。

　　俗话说,一方水土养一方人。

　　有水就有人,那是因为水是人们赖以生存的要素。"都说天堂美,怎及我洪湖鱼米乡?"我的家乡又何尝不是赛天堂的富饶福地呢?

　　初秋季节,正是菱角成熟期。这东西虽不算什么珍稀物种,然多年来少有人问津,再者,如今物质丰富,菱角便逐渐淡出人们的记忆。我已多年未曾见过了。

　　人们常说物以稀为贵。此话不假。

　　就在八月二十五日十点半,手机振动,打开一看,微信收到十余幅照片。是我早年的学生曹顺兰、刘飞等人在松花江边拍的。放大一看,原来是为了送别回北京的同学张颖夫妇,搞了一次劳动与娱乐相结合的送别"大会餐"。真是玩得别致、新颖,我不得不赞美这脱俗、出新的聚会形式。君不见李白"桃花潭水深千尺,不及汪伦送我情"的离情别绪,白居易"南浦凄凄别,西风袅袅秋。一看肠一断,好去莫回头"的凄凉……可谓人生自古伤离别。然而学生们这一方式,让我耳目一新,佩服他们的聪明才智,别出心裁。难道不该点赞,甚至推广吗?

　　照片中,刘飞、李志学、任北辰、曲平正甩长绳,准备挂住菱角秧。顺兰、亚茹、张颖、曲淑云几位女士一边说笑,一边一颗颗地摘菱角。那笑逐颜开的样子,丝毫不亚于大丰收时的情景。这或许就是劳动的快乐。这场面恰似王昌龄《采莲》诗中的"荷叶罗裙一色裁,芙蓉向脸两边开"。于是,我按捺不住,立马回复:"醉翁之意不在酒,在乎于山水之间。"这场面生动,令我感动,感动她们玩出了品位与情趣,这难道不应该算人间美景、送别新曲吗?

　　这时,在北京的杨兰香同学也边看边用微信回复:她说:"老师啊,她们玩得尽兴,你在家里看得诗兴大发呀。"是的,这远在他乡,千里之外的互动,

99

也是绝佳的享受。松原油田的王秀莲也赞同说："看着大家捞菱角,心都飞去了。"于是,我回复:"北京大庆一线牵,肇源江边菱角滩。开心学子共欢乐,送别图新令人羡。"

说着说着,感觉几十年前的菱角味道扑鼻而来,我有点垂涎欲滴了。我说已经闻到菱角香了。一言既出,学生刘飞心领神会,说:"老师我把菱角煮熟,切块,给您老送去尝尝鲜。"

我在想,是不是老朽忘乎所以地给别人添麻烦了。当我真的尝到那鲜嫩的菱角时,觉得其实这远不在于吃,而在于情趣。如今生活水平提高了,大鱼大肉、生猛海鲜频现餐桌,偶尔来点菱角之类的天然食品,岂不是别有滋味? 我已经没法不敲点文字了,以资回忆。

美味不忍独享,孟子云:"独乐乐不如众乐乐。"在与一些老友分享菱角带来的快乐的同时,我的思绪回到七十年前,我与玩伴放毛驴、烧苞米、捞菱角、打"鸡头米",往事历历在目。

幸　福

同学们好。一次与小明聊天,谈起聚会的事,也是借鉴报刊登载的先例,小明说咱们也可以请老师再讲一堂课,以此增加美好回忆。我当即答应。这便有了今天这堂课。

我想,这是四十六年前的课堂延续,也是我退休二十年后又一次讲课。我很荣幸。感谢小明努力撮合,与一些同学几经筹措,历时半年,终于促成这次机会,使我这位"80后",能够得以再次与你们见面,并且说几句话,唠唠嗑,讲讲课。这是我原本没有想到,也没敢想的。我高兴啊!

看到当年的小伙子、小姑娘们,如今已经年过花甲,两鬓飞霜,感慨:少年壮士童颜老,红粉姑娘染秋霜。岁月雕饰了青春,年轮幻化了成熟,这就是人生。这是由自然到必然的规律,也是人生哲学。

我庆幸这次聚会,庆幸有机会相见。此时此刻我能够与你们聚会是我的幸福。那么什么叫幸福? 请同学们思考这个答案。这就是我今天要讲的主题——幸福。

幸福,我没有揣摩仓颉造字的意图,也没有翻阅许慎《说文解字》的注释。仅凭借字面构成认为:幸,从结构看分上中下三部分。上边是个"土",土下埋着两颗种子。古人说,万物土中生,有土斯有财。为啥呢? 种子萌发,春种一粒黍,秋收万颗子。有吃有穿,丰衣足食,岂不就是幸福吗? 下边是个"干",干者,劳作也,浇水、施肥、经营的意思。福是什么? "示"部,其实就是个古代象形字的雏形的"人",第一横是头,第二横是肩膀,两边是垂下的胳膊,下边正中是身子。标志一个人站立在一口田的边上,也就是每人需要经营一口人的田地。那么,幸福组合在一起,人们就满足了。满足了就是幸福。

凡事都在历史的演变中被赋予新意,幸福也不例外,不同的时代、社会、不同的人,不同的条件就有不同的需求,幸福的含义也在变。今天的人怎么

看幸福呢？吃玉米饼子幸福，还是馒头、饺子、新疆的馕，意大利的比萨、美国的肯德基？穿棉布，还是杭州丝绸，抑或湘绣、广绣、苗族的蜡染？带的项链是金的，五千元，还是和田玉的，两万元，或者南非的翡翠，一百万元，你的手机、手表、手链，眼镜、头饰……人的需求无止境，那么咋办？一句话：知足常乐。眼前的，当下的，就是你需要的，就是幸福。就像有人说的，住十层楼幸福，还是住一百层楼幸福？现实就是幸福。我今天和大家唠唠嗑就是幸福。珍惜今天，满足于现实就有幸福感。

其实，幸福就是两个字——感觉。感觉幸福，就幸福；感觉困惑，就困惑。幸福与困惑，自在心中。

祝福同学们快乐、幸福。

二〇一五年五月二十九日十四时四十八分

学生给了我"年轻态"

一生从教，与小孩子打交道。每天看到的是苹果似的面庞与嬉闹的笑脸，蹦蹦跳跳，生龙活虎；听到的是歌声、笑声、读书声，争论不休的课题与家事、国事、天下事……尝尽了青春年少的欢快与乐趣。这就是校园生活。一经进入学校，融入孩子们的行列，满眼满耳朵的活力四射。这"兴奋剂"或许就是来自于学生吧。

如今，虽然已过了二十年退休生活，八十岁高龄，常有人问我："你怎么没见老，似乎还年轻了许多？眼不花，耳不背，腿脚咋那么利索？"尤其是学生们见面时几乎都有一个共同的疑问："老师，您一点不显老，给我们讲课时眼球转动，头也晃，现在反倒还好了？"我一时不知怎么回答，想来想去，我悟透了一个秘密：都是因为你们啊！这回答让人摸不着头脑，一时不知如何求解。

退休以后，稍有失落。不久，就有学生打来电话说："老师，我看见《大庆教育报》有您的文章了。"也有的说："《中国石油报·金秋周刊》上刊登的一篇文章的作者和老师一个名字，看了几遍，越看越像是老师说的话，于是打长途电话询问同学，证实的确是您呀！我赶快剪裁、粘贴，并保存起来。从那以后，报纸一来，就先找有没有老师您的文章。老师啊，真的想多看看您的文章。"

我真的未料到一篇小文竟然让学生这么感兴趣。我备受鼓舞，一发而不可收。当年我教学生，而今学生的一句话，让我品尝到了学生给力的"美味"。

几年来，在《中国老年报》《老年日报》《大庆教育报》《石化报刊》等三十多家报纸与刊物上陆续发表了近七百篇文字。后经学生们帮助，出版了《晚风集》（上、下册）。一位同事为我撰文《快乐的文字伴夕阳》，写的就是我的晚年生活。

人间三月是真情

　　记得十二年前，我六十八岁生日那天，正值亲友相聚聊得热闹，儿子下班回来刚到楼下，忽然一阵旋风，一只仙鹤从天而降，匍匐在前。儿子伸手抱起，进屋说："仙鹤来祝寿了。"仙鹤对着满屋宾客嘎嘎地叫了几声，满座皆惊，鼓起掌来。一位交往多年的朋友说："自古听说仙鹤拜寿，谁都没见过呀！今天是真的应验了，开了眼界了。神话变成了现实……"

　　这消息不胫而走——老苑六十八岁寿诞，鹤从天降，祥瑞之兆。于是石化总厂电视台、大庆电视台等不少记者纷纷前来拍照。一时间，省报、中央电视台都报道了这个稀有又似乎神奇的消息，成为热点新闻。我的记者学生启华与爱鸟协会、文明办、《教育报》经过几天跟踪采访，制作了影碟《我爱蓑蓑》（上、下集），留下了永久的记忆。我也亲自撰文《鹤从天降》《仙鹤拜寿到我家》，分别刊登在《大庆晚报》《中国石油报·金秋周刊》。借用信息传递学者史蒂芬森的话说，"这快乐密码让我年轻了许多"。

　　十年后，我七十八岁生日那天，上午九时三十分，电话响了，学生希玲说："老师，我们来看看您。"原来是三十五年前的五位学生造访，一见面师生拥抱。

　　谈起往事，我兴趣顿增，学生们没想到恰好赶上我的生日，没想到老师身体这么好，没想到又读到老师的新作……于是饮酒祝乐，唱生日祝福歌。临走时，一位学生说："老师啊，咱们师生心有灵犀，要么咋这么巧呢？相约以后年年生日都来。"是学生给我带来了快乐，让我的心情也格外激动。

　　二〇一三年同学们坚持要我整理书稿，出版文集，帮我编排、修改、联系出版社、签约、设计封面。而我一次都没去过出版社，也没与编辑商谈过，一应事项均由学生出面商谈。直至二〇一四年三月二十九日把书送到我的家。是学生助我一臂之力，全权代表。因为学生的努力，才有我的作品的出版。我备感欣慰。

　　我的《晚风集》赠书仪式，也是学生们一手操办，从请记者、主持人到录制，直到电视台播出，给了我全力支持。我自己撰文说，下辈子我还当老师。

　　二〇一五年，我八十岁生日时，客人中人数最多的是学生，有一九六〇年教的、一九六九年教的、一九七二年教的和一九九〇年教的，有北京回来的、哈尔滨回来的、大庆市的、县城的，来自不同地域与行业。是他们的声声祝福给我注入了快乐。

这天我收到一份"大礼",《中国老年报》刊发了我的小文《家有"宝马"》,学生蒲文起说,这份生日礼物来得巧,真是时候。

就在写作此文的前一天学生张希玲来电话,继而发来信息,她的专著《宗白华美学思想的佛学渊源》,已经通过 2015 年度黑龙江省社会科学学术著作出版资助项目评审。这一消息令我振奋,让我分享了幸福与美好。尤其期待看到她的创新学说。

近日,四十六年前教的学生有三十多人聚会,邀我参加。我们延续当年的课堂,讲"幸福",学生跳忠字舞,唱《我们心中的红太阳》忆旧。师生乐而忘返。我的感觉是学生又让我多活十年。

学生的关心是我生命中宝贵的隐形财富,延年益寿的密码。

与学生相处,释放快乐元素,是生命的保鲜剂。

与青年人在一起,我年轻。

与学生们同乐,我童心未泯,精神倍增,青春焕发。

与学生们发短信、微信互动,我乐而不疲。

乐兮乐兮,我年少矣!

如学生小明者,常常远程"话疗",排遣思虑的块垒,解开锈迹斑斑的心锁。

学生前来探望,一盅小酒,洗尽隐忧,注入乐趣。

一声问候、一条短信、一次握手、一个击掌、一个敬礼、一个拥抱、一首新歌……年迈的老师啊,似乎天赐甘露,那是曾经奉献的回报,精神的收获,抑或耕耘的硕果。还有什么比见到学生,听到学生获得成就更快乐的呢?

常常有学生几千里外来电话叙旧、微信对话、QQ 聊天,我身心得到安慰,感到快乐、愉悦,似乎服了一剂良药,给身体注入了青春动力,让我八十岁的人,似乎拥有六十岁的心态,用一句时髦的话叫"给力,乐活 E 族"。

老师,一无所求,只希望亲手托起的"太阳"光芒四射——哪怕倾尽毕生的心血!闭上双眼前,就会心安理得地说:"我的一生没有白活。"

仔细一想,啊!原来学生们是我"年轻态"的秘诀!

人间三月是真情

一幅照片，永久记忆

一生教书，凡三十六年，屈指算来，学生（弟子）何止三千。虽已退休多年，仍未断联系。前些年少有电话问询，随着信息化的发展，师生之间打招呼的方式也正在迅速变化着。今则是短信问候，偶尔 qq 聊天，或发个微信，以示关怀，报个平安。我这个老朽紧赶慢赶，勉勉强强，踉踉跄跄，算是跟上时代发展的步伐了，聊以自慰。

二〇一三年，我的拙作《晚风集》终于正式出版了。学生们筹划举办赠书仪式。其他学生也闻讯赶来，用他们的话说，这是老师给了一个聚会的理由，趁机会高兴高兴，热闹热闹。赶来的学生都是几十年前教的，如今已是含饴弄孙的"老学生"，年龄大的六十五岁，鬓发苍白，小一点的也三十几岁了。其中，有的已是教授、总工、机关要员，也有的创业成功，事业蒸蒸日上。然都以同学名义齐聚一堂，把酒言欢，畅叙友情，谈得不亦乐乎！喜悦之情，溢于言表。大家尤其关注我这个老师的生活与健康状况。

大家都觉得相聚的机会难得，尤其是工作地域不同，各自忙于生活与工作，凑在一起还是不容易的，大家提议合影，与老师一起留个纪念。于是我们师生留下一幅珍贵的照片。

临别时，同学们依依不舍，各自留下电话、微信号码等联系方式，表示互通信息，来年再来拜望老师。

四十六年后师生重相聚

二〇一五年六月十八日，是原肇源县五七中学四连一排（"文革"时期编制）毕业四十六年后师生相邀聚会的日子。

这是由现居哈尔滨的陈晓明发起的，一经提出，就得到曹顺兰、任北辰、李志学、刘飞、孙亚茹等同学的热烈响应，并与陈晓明组成聚会筹备小组，制订计划，分头联络。与远居外地多年失联，以及健康状况不佳、患病者的联系，颇费一番周折。最终有三十一名同学，还有我这八十岁高龄的班主任，分别从北京、辽河油田、松原油田、哈尔滨、大庆等地提前一天回到阔别多年的家乡，齐聚一堂。

大家的热情令人感动不已，放下手中工作的，把孙子托付她人照顾的，带病前来的……张银燕同学带着在哈尔滨刚刚术后出院的丈夫，没有回家，直奔肇源，白天请人帮忙照顾病号，她参加聚会，晚上她看护病号。其诚可鉴，其情可感。

多数人都是毕业后第一次见面，格外亲近，拥抱，热烈交流、畅谈，说不尽别后情景，唠不完的家乡嗑儿、悄悄话儿。

当年的华发青年童颜已老，梳辫子的青春少女早已鬓发飞霜，变成了爷爷奶奶辈的"退休 E 族"了。

大家为找回学生时期的记忆，特邀请老师讲一堂课。我讲述了"幸福"这个主题，延续四十六年前的课堂，同学们激动不已。一位同学说："我听课激动得眼泪都出来了。"作为班主任老师，我给每个学生赠送了自己的著作《晚风集》一套，留作纪念。

我们师生还到西海湿地公园跳忠字舞、街舞、桃花舞、天鹅舞，朗诵诗歌，即兴赋诗，游风景区"大庙"……仿佛回到四十六年前。

四十六年弹指一挥间，几多感慨，几多回忆。

人生能有几个四十六年，见面亲不够；

人间三月是真情

枫叶集

人生能有几个四十六年,离情别绪参不透;

人生能有几个四十六年,怎奈韶华似水流,青丝白发添几绺;

人生能有几个四十六年,天各一方,心中的你我却情深意笃。

各自走进不同的行业,但都在拼搏、奋斗,经历过失败、成功或曲折与成就。如今回归"退休E族",尽享盛世之福祉,儿孙绕膝,圆小康梦。

三天活动时间,不能尽兴。最后,发给每人一份活动录像影碟、一张当年的毕业照复制版、一张聚会的留念照片、一张通讯录卡片,以便于互相联系、叙旧。

师生情、同学谊,留下美好的记忆。大家都沉浸在其乐融融的气氛中,不忍分别,不忍离去。

三天短暂的聚会凝聚成六个字:快乐、美好、幸福。

大家表示力争三年一小聚,五年一大聚。今日离别的宴席,必将迎来他年再次的相聚。

108

一枚篆书闲章字面的求解

二〇一五年六月二十日，适逢端午，也就是我与四十六年前教的学生聚会第三天午餐时，酒过三巡，菜过五味，师生们各个打开话匣子，似乎要把几十年的离情别绪一倾而尽。唯恐言之不详，情之不尽之时，学生于玲凤打开手机，展现一方篆书印章，说是别人向她问询，一时没有解开，请老师看看。孰料我虽教书多年，对篆书却少有接触，知之为知之，不知为不知，不敢妄言。我告诉她待弄明白后，一并回复。

回来后，虽然看过几次，仍未全解。后请教知识面广泛的张族珈先生，与我认知略同，只认定"不可"二字。他认真翻阅篆书帖，还是无法确认，尤其对"居"字右边偏旁拿捏不准。经他推荐，请教了本地老年大学的绘画老师逄和先生。因为是老熟人介绍，热情极高，就一个电话，便骑车匆匆赶到我家中。然而，反复推测而不得解。然后，用笔如法描摹，去求教一位刻字朋友，朋友亦无奈。逄老师给我回话说，一般名章都是四个字。这个章应为闲章，闲章多有名言警句，抑或个性化的用语。然章面不清晰，不敢随意判定。

时间已是二十八天过去了，翌日凌晨四时五十分，我忽然自以为有所悟，"居"字右边分明是个"立人"，如此，那么这个"居字"，应为"倨"字。倨者，傲慢也。进而想起《史记·苏秦列传》，随手翻开一看，苏秦年轻在家时，不谙家事，在嫂嫂眼里是个吃白饭的，常受嫂子怠慢，甚至白眼。而后自赵国拜相，尤其配六国相印归家，嫂子见了，跪拜在地。苏秦笑着问嫂曰："何前倨而后恭也？"又想到《西游记》也有"猴子是何前倨后恭"之句。我心想，如果这确实是"倨"字，那么该是"不可倨"三个字，如此，印章的字面该是意义渐渐明了了。但还有一字不清楚，不好辨认。然自以为有所得了。未料竟是杜撰，猜想而已。

在出门晨练并买菜时，恰遇毛体书法界知名人士郭先生，于是当面展示

手机中的印章请教。他认为这是当代人的印刻。根据是印版留白过多,绝非古迹。至于字面,一时无法确定。回家后,他查阅了中国篆刻艺术网,并用手机拍下印章,字迹清晰,极易分辨。然后衣服没脱,鞋子没换,急匆匆地跑来告诉我,是郑板桥的"不可居无竹"五个字。原来如此!当面谢过。他补充说:"你的拍照不清晰,尤其是偏旁不全。谁都不能认定。"我深知先生是给了我一个台阶下,或许是礼数与客套。

字面已解,我还得查个究竟,以便准确回答我的学生。于是还得查阅中国篆刻艺术网,结果一看,让我一愣,这话哪里是郑板桥的,分明是引自于苏轼的《于潜僧绿筠轩》:"潇洒城东楼,绕楼多修竹。宁可食无肉,不可居无竹。无肉令人瘦,无竹令人俗。人瘦尚可肥,士俗不可医。"人们皆知板桥画竹出名,于是张冠李戴。为了求得准确,在知识面前,不敢有半点的疏忽掩饰,于是我赶快向郭先生说明情况,然后他点点头,我们相视而笑。诚如毛泽东说的:"知识的问题是一个科学的问题,来不得半点虚伪和骄傲,决定的需要的倒是其反面——诚实和谦逊的态度。"

仔细一看,类似的印章有篆刻大家钟国富的两枚,一枚是"宁可食无肉,不可居无竹"十个字的,一枚是"不可居无竹"五个字的,然"无"字用的是繁体"無"字篆书。而学生问的则是名家邢永城先生二〇一三年十月四日亲制的印,其中"无"字用的是简化字"无"的篆体。难怪一时辨认不清了。

一枚印章,反复求解,终于基本明了了。言出法随,说到做到,况于学生乎?于是向我的学生交上一份迟到一个月的答卷。尽管如此,也还甚是欣慰啊!

有资料显示,洪丕谟的书法史话《诡奇多变的甲骨文(一)》中有记载,"我国文字的远祖——殷商时期,刻在龟甲和兽骨上的甲骨文,统计总字数约三千五百字,迄今能够辨识出来的只有一半多一点"。如同许多知识一样,有待学习研究。备感"活到老,学到老"的真谛了。韩愈的所谓"师亦无所长"就是这个理儿。

其实这个普通篆章,本不是什么难题,只是知之者易,不知者难。学无止境,怕的就是"一瓶子不满,半瓶子晃荡",一知半解,浅尝辄止,不求其实呀!

三镜正心君共勉

　　以铜为镜，可以正衣冠；以古为镜，可以见兴替；以人为镜，可以知得失。观世间百态，品生活百味。故事中，有你，有我，都在演绎属于自己的一段传奇。

廉吏何以名垂青史

自古以来，人们赞颂、歌咏、立书作传，记录心目中的廉洁官员，他们光耀子孙，泽被后世，彪炳千秋，可谓博得生前身后名。因为他们的形象，深深地烙在了中国人的记忆里。

周朝时的姜尚，即姜太公，一生惩恶扬善，辅佐周文王，使得周朝延续八百年，影响后世几千年。传说姜尚仗剑封神之后，最后剩下自己。可谓先人后己，无私无畏，堪为能臣廉吏。有对联赞曰：斩将封神功贯古今人第一，与周治齐才兼文武世无双。

汉朝的张良是汉高祖的重臣。《三略》中说："才，足以鉴古；明，足以照下。"刘邦说："运筹帷幄，决胜千里，我不如子房。"张良"以功举贤"，最后功成身退。自言"不爱万金之资"。愿弃人间事，跟仙人赤松子云游，以度余生。

三国时期的蜀汉丞相诸葛亮，清官也。《诸葛亮传》记载："初，亮自表后主曰：'成都有桑八百株，薄田十五顷，子弟衣食，自有余饶。至于臣在外任，无别调度，随身衣食，悉仰于官，不别治生，以长尺寸。若臣死之日，不使内有余帛，外有赢财，以负陛下。'及卒，如其所言。"作为一国之相，主握军政要权而家私清贫之至，岂不是廉吏吗？

诚如武侯祠对联所云：诸葛大名垂宇宙，忠臣遗像肃清高。

唐代宰相魏征，一生清廉。他说："思国之安危，必和其德义。"家无私财，死后棺椁过长安街，百姓夹道痛哭。魏征不仅自己廉洁自持，尤其劝谏皇帝清廉治国。

太宗出巡洛阳，进驻昭仁宫，对地方官多为谴责。魏征上奏折说："隋朝因为责备郡县不进食物，或是供物不够精美，为此事而无节制，以致灭亡。所以上天派陛下取而代之，正应谨慎戒惧，约束自己，怎能让人因供应不奢

侈而悔恨呢！"太宗把这篇奏疏安置于屏风之上，以便早晚阅读。

包拯，人称包青天。他的清廉在于执法断案，包拯到开封府上任后，开诉讼新规：大开官衙正门，凡是告状之人，都可以进去直接见官，当面陈述案情，任何人不得刁难。这一改革，深受百姓欢迎。

他曾写过一则家训，刻在家中壁上："后世子孙仕官，有犯赃滥者，不得放归本家；亡殁之后，不得葬于大茔之中。不从吾志，非吾子孙。"所以，包拯一直被人们视为心中的清官偶像也就不奇怪了。

无独有偶，明代的海瑞遭罢免，曾有人劝其顺乎潮流，他说："瑞，生死荣辱从不想，何惧官职不久长。纵然去掉乌纱帽，留得清名万载扬。"海瑞一生清贫，临死时，别人问他有什么遗言，海瑞告诉仆人将五钱柴火钱还给户部，说是自己测量宅基后，发现户部多给了五钱柴火钱。死后，皇帝赐谥号忠介，人称海忠介。全城的百姓都赶来为海瑞送葬。

清朝的于成龙，出任时曾向朋友承诺："此行绝不以温饱为志，誓不昧'天理良心'四字。"于成龙终身奉行诺言，不负初衷。于成龙为官以廉著称，曾三次被举为"卓异"（破格提拔），且任各种官职从未带过家属。后在任上去世。当时将军、都统以及幕僚属吏入内检查遗物，见竹箱内只有一身丝绸棉袍（官服），床头有些盐制豆豉和一些日常用具。送葬时江南民众"巷哭罢市，家绘其像"以祀之。皇帝赏赐其公祭安葬的礼遇，赐谥号"清端"，清得朗朗爽爽，清得端端正正。康熙亲撰碑文，称他为"天下第一廉吏""古今廉吏第一"。

清官廉吏，皆世代称颂之官，仰之弥高，敬之弥深，流芳千古，泽被后人。

读报一得

　　天天读报，每有所得。必有所录，记之在案牍。以备闲暇复议，犹以警示自己，为人处世之攻略。

　　二〇一五年八月二十二日，《老年日报》第四版刊登了一篇文章《名人幕后》，开篇有汪东兴照片，通栏标题为"汪东兴逝世：那个抓'四人帮'的人走了"。因为这是惊天动地的大事，不能不详细看看。全文分三个标题：

　　第一个标题是"毛泽东：'东兴在身边，我习惯了。'"这是毛泽东对汪东兴的评价。原文是："他是一直要跟我走的，别人我用起来不放心，东兴在身边，我习惯了。"汪东兴十三岁参加土地革命，十六岁入党，新中国成立前七天召开时已经是中央候补委员。一九四七年，调到毛泽东身边负责警卫工作。此后，历任中共中央书记处办公处副处长兼警卫处处长……一九九五年，被授予少将军衔。他有一项工作从未改变过——负责中南海即毛泽东的安保工作。

　　第二个标题是"粉碎'四人帮'建奇功"，讲述了汪东兴抓捕"四人帮"的过程。

　　第三个标题是"淡出政治舞台"。文章说："一九七七年的中共十一次全国代表大会上，汪东兴当选为中央政治局常委、中共中央副主席。但在一九八〇年的十一届五中全会上，汪东兴辞去了以上两个职务。二十世纪九十年代后很少和外界联系。多出行游览。""曾有国外很有背景的出版商，多次邀请汪东兴撰写关于在中南海做警卫工作的回忆录，并且出价不菲，一律遭到拒绝。汪东兴说：'写了就是既得罪了活人，也得罪了死人，以后我是没脸再见主席他老人家了。'"

　　这话语虽然不多，足可以看出他的人品及做人的宗旨，不为声名与金钱所动。

　　中国有"人平不语，水平不流"，"水深流去缓，贵人语话迟"的古语。老

三镜正心君共勉

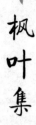
百姓常说，当说则说，不当说则烂在肚子里也不能说。这看来是俗气的话，却是至理名言。

汪东兴身处中南海，又在主席身边几十年，自然知之甚多，那是国家、党内的事，不当说，坚决不说，守口如瓶。这既是党性原则问题，也是做人的底线。

毛泽东主席生前如此评价他，也就不奇怪了。

汪东兴的做人原则，值得后人，尤其是那些做保卫秘书、做保密工作，跟在领导身边的人学习。

这看似平常，做起来不容易呀！世上少有人能够做到。

对过年"逆迁徙"的看法

　　哲学角度来说,凡事没有一成不变的。变是绝对的,不变是相对的。凡事从实际出发。在我国的传统中,子女回家看父母天经地义。然而,今天的家庭格局已经变了,一对夫妻要关照四位父母,着实给年轻人出了一个难题。去谁家过年? 有几种方式:各回各家,轮换去,匆匆忙忙两头走。有的小两口甚至因此闹得不愉快。咋办? 一句话,视具体情况而定。

　　如果双方父母年事不高,身体尚好,把四位老人接到一起,未尝不是一件三全其美的好办法。一、亲家凑在一起,拉家常、叙亲情,多么乐和呀。二、推杯换盏,热热闹闹,聚散有节,增进感情。三、还可共同旅游,彼此关心、照顾,其乐融融。四、小两口与孩子、老人都能尽兴、开心。五、凑在一起过年也是节时、节约,减少小两口的烦恼、担心,免去奔波之苦。岂不是一举多得吗? 倘若如此,老人甚喜,子女甚喜。所以,我认为"逆迁徙"也是解决这种特殊家庭格局的好办法,投赞成票。

　　另外,老人时间不受限制,完全可以错开春运高峰,在一定程度上也会起到缓解春运压力的作用。难道不是好事吗?

三镜正心君共勉

117

盘点奥运款款情

题记:昨天是今天的历史,那么,今天就是明天的历史。而历史往往又留给人许许多多值得回味的……

百年奥运,几经申办,八年筹建,一朝开幕,举国欢腾,人人向往。作为石化人的我,早已领略申办成功的喜悦,吉祥物福娃的诞生,会徽北京印的设计,会歌《我和你》的传唱,北京奥运口号"同一个世界,同一个梦想"的召唤,以及圣火采集、五大洲热烈惊险传递的盛举,尤其是巴黎遇险,登珠峰之巅,都伴随着喜悦和向往。我在几个月前就整装待发,攒足了劲头儿,直飞北京,亲临馆场,一睹奥运风采。

一、看奥运彩排,情注心怀。

筹备奥运的几年里,开幕式的节目是世人心目中的一个谜。我志在必看。二〇〇八年八月七日晚五点,终于与北京的表妹坐在了奥运中心——鸟巢的看台上。我要尽享奥运,感受一位普通中国公民的骄傲。

电视上看鸟巢,只是感到形象逼真,进入鸟巢才感受到那神奇魔幻、壮观、雄伟、造型、装饰、色彩……简直就是个幻化"仙境",不由得赞叹中华民族的智慧。

听表妹说:看彩排的有中央有关领导、国际奥委会主席萨马兰奇·罗格、北京奥组委部分成员,还有受邀来自各国的曾策划历届奥运开闭幕式的导演等。而我一个普通石化员工,竟然有幸跻身于观众席上,真乃生之逢时,庆幸机缘,这才是真的良宵美景。这天赐红运,令我终生难忘。

彩排也叫预演,这是极其保密的,不准拍照,不准摄像,不准录音,不准向外人泄露,人人都严守纪律,看而不言,感动而不激发,心情兴奋而不鼓掌,纵有千言万语而不可议论。我得此殊荣,真乃大庆石化员工的大幸。

回到住处,虽已深夜,脑子里全是五千年文明的画卷,二千零八人击缶的雄壮场面,李宁飞人的魔幻……在脑子里一幕一幕地上演,兴奋之情凝聚成五个字——中国人骄傲! 我真的"醉"了!

二、看开幕式,感受中华元素博大精深

八月八日晚八时,坐在建设部大厦礼堂来宾席,与一些部长、外宾、老干部等千余人一同观看,一同鼓掌,一同欢呼,一同倒计时。当国歌响起,我说不上是兴奋,是期待,是激动,忍不住泪水夺眶而出,其他人也眼睛湿漉漉的,不约而同地拥抱在一起……或许是这一天等得太久太久了——我似乎一下子明白了"同一个世界,同一个梦想"的真正含义了——奥运精神。

开幕式的序幕,也称欢迎仪式:宏大壮观,孔子"三千弟子"着古装,齐吟"四海之内,皆兄弟也"。接着是二千零八人击缶而歌"有朋自远方来,不亦乐乎"。这千古名句,礼仪之邦的音韵响彻时空,可真是百年奥运的绝唱。这声音将不同国家、不同肤色、不同语言,不同观念而具有同一梦想的人聚集一堂,表达了中华民族欢迎朋友的喜悦心情,从而揭开序幕。

开幕式共分八个部分:

1. 画卷。二十九个巨大的脚印——象征第二十九届奥运会——从北京中轴线一步一步来到主会场。脚印由火焰组成,表示火药是中国的四大发明之一。

2. 文字。孔子的"三千弟子",手持竹简,似乎活字印刷的字盘,又如今天的电脑键盘,把古今时空连在一起,尽显中华文化的源远流长。会场先后出现"和"字的三种不同写法,表达了汉字尽管几经演化,然而一贯的理念不变——"和"是中华文化的精髓,也借此向全世界表示我中华民族一贯的思想观念。

3. 戏曲。用二胡、锣鼓彰显戏曲艺术——京剧的特点,再以兵马俑展现国粹形象,给观众留下难以忘怀的印象。

4. 丝绸之路。即一幅巨大的地图,展现了两条古代通向西方的经济、外交通道,一是通向中亚的陆路丝绸之路,二是郑和下西洋的海上丝绸之路。节目紧紧锁住历史与现时,一脉相承。

5. 礼乐。展示了五幅长卷:唐朝的《游春图》、宋代的《清明上河图》、元代的《大驾卤簿图》、明代的《元宵行乐图》、清代的《乾隆八旬万寿图卷》,再现了礼仪盛世,更见今天的博大辉煌。

6. 星光。伴随钢琴家郎朗与五岁小女孩演奏的天籁般的乐声,画卷缓

三镜正心君共勉

缓延伸,一千名演员搭建的"鸟巢"里迎来了风筝、星光等形成美丽的画卷,寓意祥和、温馨、幸福、美满。

7. 自然。以《易》《礼》的传统理念,演绎八卦、太极。古画《千里江山图》,由小演员变换成绿色,表达了中国的未来是绿色的大地,天人合一的环保胜地。

8. 梦想。一个巨大的地球从舞台中央升起,许许多多的人在旋转的球体上走动,唱着"我和你,心连心,同住地球村。为梦想,千里行,相会在北京……"这就是"同一个世界,同一个梦想"。

我一怔,顿时领悟中华民族文化的精髓,更佩服导演的睿智。我深深地感悟到中国文化、中国艺术、中国元素的意义了,尤其是孔子形象的出现——后来听说那是学界泰斗季羡林老先生的提议。

开幕式的"四小龄童"极为惹眼,几乎吸引住了全场观众的眼球。九岁女孩林妙可在五十六个着民族服装的儿童的陪伴下,一曲《我的祖国.》,响遏行云;小旗手、小英雄林皓与"巨人"姚明相映成趣;五岁钢琴女孩李木子与郎朗同奏《星光》,世人皆惊;九岁风筝女孩、杂技演员朱巧妍,飞渡"星空鸟巢",令观众震撼。这新生一代的惊人之举,给我留下永远的震撼。李宁飞天点燃火炬,让国人感动,也令老外们惊奇、赞许、佩服。

一个又一个魔幻式的艺术创举,赋予开幕式新颖、传奇、精彩……创造了一个又一个"神话",可谓融古今中外之大成,汇民族文化之经典,贯百年奥运之脉络,通历届开幕式之先河。萨马兰奇称赞北京奥运会开幕式是历届奥运开幕式之最。有记者问萨马兰奇,如何评价北京奥运会,他卖了一个关子,回答说:"我要用中国话(一个成语)评价。"记者们反复猜测,终至闭幕式,他才揭开这个谜。

三、看比赛,精彩纷呈,倍受鼓舞

中国代表团共有一千零九十九人,运动员为六百三十九人,参加全部二十八个大项目、三十八个分项、二百六十二个小项的比赛。由当初刘长春一人代表中国参赛,到如今成为参加人数最多的代表团,方知中国之壮大?

奥运的核心部分是比赛,而今天的奥运是竞技比赛,格外激烈,也更有看点。第一天大家都把眼光集中在首金上——十米气步枪。我的眼光紧紧盯住中国选手杜丽,然而捷克选手以五百零三点五环位居第一,夺得北京奥运第一块金牌。我为杜丽惋惜的同时,不由自主地喊了声"杜丽别哭!"仍为捷克选手埃蒙斯鼓掌。

在举重比赛中,广东姑娘陈燮霞轻松摘取女子四十八公斤桂冠,并打破这个项目挺举和总成绩的奥运会纪录,为中国夺得首金。接着小将庞伟又出人意料地夺得男子十米气手枪金牌。比赛第一天,中国队勇夺两金,锁定金牌榜榜首,赢得了奥运会的开门红。

而后,中国运动员连连夺冠,节节胜利,步步攀升,始终稳居金牌榜首。

我为刘翔的退出惋惜流泪,我为菲尔普斯的七金欢呼,我为中国体操女队叫好,我为男女乒乓球队加油,我为第五十一块金牌得主——拳击运动员邹市明欢呼胜利。

奥运盛会,赛程交错,高潮迭起,黑马频出,出乎意料,精彩纷呈,可看之点,不可一一历数。

在北京看奥运的日子里,我恨自己分身乏术,不能全部观看。只好搜集文字、图片……再集录成厚厚的一叠资料。然而,还是不详尽。幸亏有好事者归纳整理出许多版本,选录加载如下,就叫"奥运大看台,邀您同精彩","十大"多多看,细节慢慢想。

十大中国元素:1. 会徽中国印,舞动的北京;2. 五行福娃,金木水火土;3. 金镶玉,奥运金牌;4. "传统青花瓷,自顾自美丽"的颁奖礼仪服装;5. 祥云火炬,神韵飞翔五大洲;6. 北京烤鸭,尽显弥珍风味;7. 书法水墨画,亮眼的文化艺术渊源;8.《茉莉花》,汇古今民乐精华,创运动员加冕氛围;9. 中华武术,展示中华武功博大精深;10. 戏曲、昆曲、京剧,余音绕梁,令人三月不知肉味。

十大梦之队:1. 阿根廷男足;2. 中国跳水队;3. 中国女子举重队;4. 中国男子体操队;5. 美国"梦之队"。6. 中国乒乓球队;7. 美国游泳队;8. 韩国射箭队;9. 韩国跆拳道队;10. 俄罗斯花样游泳队。

十大逆转,绝境方显英雄本色:1. 女子柔道,中国佟文一本绝杀,转败为胜;2. 男子举重,中国陆永,最后顽强折桂;3. 男子游泳四百米接力,美国队最后五米冲刺夺冠;4. 佩剑,乌克兰女队,最后一剑取胜;5. 女排,中国古巴两队至决胜局,古巴一显神威取胜;6. 射击,中国陈颖奇迹般夺金;7. 男子十米米跳台,澳大利亚选手马修在低于中国选手三十分的情况下,最后一跳实现惊人逆转,夺得冠军;8. 女子举重,六十三公斤级,朴贤淑以一百三十五公斤挺举一次,逆转夺冠;9. 女曲,中国队力克德国队,晋级四强,终获第二;

三镜正心君共勉

10.田径,女子四百米,英国选手奥胡鲁奥古在最后米发力,成功夺冠。

十大超人,冲破极限,超越梦想:1.美国游泳运动员菲尔普斯,北京奥运会七金获得者;2.牙买加飞人博尔特;3.俄罗斯跳高名将伊辛巴耶娃;4.中国举重选手刘春红;5.打破世奥尘封十九年的女子八百米自由泳记录的英国选手阿德林顿;6.中国拳击运动员邹市明,四十八公斤级超人;7.日本运动员北岛康介,日本"蛙王";8.津巴布韦游泳于动员考文垂,女英雄,一人夺一金三银,创两项世界纪录;9.澳大利亚选手琼斯,获一百米蛙泳金牌,创新纪录;10.中国选手李小鹏,人称体操超人。

十大黑马:赛前不出名,临场一鸣惊人,称为"黑马"。1.中国游泳运动员刘子歌,一举夺冠,破世界纪录;2.中国男子自由体操运动员邹凯夺冠;3.中国佩剑运动员仲满,扬眉剑出鞘;4.中国运动员庞伟,十米气步枪,旁若无人;5.韩国运动员史载赫,挺举二百零一公斤,尽显黑马本色;6.中国运动员陆春龙,夺男子蹦床桂冠;7.中国拳击运动员张小平,凸显威力,夺得亚军;8.巴西运动员小西埃洛,五十米自由泳,黑马胜飞鱼;9.加拿大运动员黄嘉露,生猛摔跤女;10.朝鲜运动员洪恩贞,学程菲跳,却胜程菲而夺魁。

十大眼泪:奥运赛场有歌声、笑声、欢呼声、掌声、乐声,还有鲜花。然而光荣与梦想,坎坷与失利也伴随着泪花。1.刘翔退赛,师徒以泪洗面;2.杜丽失利,泪如决堤;3.朱启南,泪洒领奖台;4.谭雪,美女佐罗,一剑失利,泪如泉涌;5.程菲,原创败于"盗版","偷艺"胜出"师傅";6.施泰纳,德国举坛大力士,逆转获金,反而流泪.7.曹磊,夺金镶玉,而为亡母流泪。

十大外教:体育是不分国界的。我国向世界输送一批批乒乓球教练和运动员的同时,也有一些外国教练正为中国运动员执教。1.尤纳斯,中国男篮立陶宛籍教练;2.马赫,中国女篮澳大利亚籍教练;3.鲍埃尔,中国佩剑冠军仲满的法国籍教练,人称佩剑之父;4.金昶伯,中国女曲的韩国"魔鬼教练";5.井村雅代,中国女子花样游泳日本籍教练;6.伊戈尔,中国赛艇队教练;7.杨昌勋,中国女子射箭队韩国籍教练;8.郎平,中国籍美国女排主教练;9.乔良,美国女子体操队华裔主教练;10.刘国栋,中国籍新家坡女乒主教练。

十大热吻:吻,感情驱使的行为表示,所谓深情一吻动心扉。奥运会上许多激情热吻——已成兴奋、喜悦、祝福……的标志性镜头——留下美好的瞬间:1.八月十一日,马文广教练在女子五十八公斤级颁奖仪式上三吻冠军陈艳青；2. 八月十二日，仲满获佩剑冠军，与教练鲍埃尔法式拥吻；3. 奥运首金获得者，捷克美女卡特琳娜·埃蒙斯与美国丈夫忘情拥吻；4. 俄罗斯运动员帕杰琳娜与格鲁吉亚三十九岁老将萨卢克瓦泽在颁奖台前来了一个俄罗斯式的吻；5. 八月十三日，美游泳名将主菲尔普斯亲吻母亲——感恩之吻；6. 巴西马术运动员罗热里奥夺冠后亲吻战友（他的战马），感谢配合；7. 八月十一日，中国举重运动员张湘祥夺魁，跪谢观众，亲吻杠铃；8. 八月十三日，中国女子体操队夺得团体冠军，教练亲吻程菲；9. 八月十二日，德国女曲小组取胜，一队员亲吻支持她的观众；10. 美国女剑客萨格尼斯蝉联奥运金牌，吻别赛场。吻的情调多多，几见奥运新说！

十大美女："奥运场上美女花，风采靓丽人人夸。谁说赛场多冷面，笑靥飞来醉倒他。"请看：1. 清灵之美——何雯娜，蹦床公主；2. 清纯之美——谢拉，巴西女排主力；3. 古典之美——佩莱格里尼，意大利的游泳之花；4. 健康之美——赖斯，澳大利亚美人鱼，世界泳坛一号美女；5. 多面之美——考芙琳，自由泳、仰泳、蝶泳……气质美；6. 稳定之美——郭晶晶，人称三米板女星；7. 优雅之美——埃蒙斯，捷克美女神枪手；8. 气质之美——柳金，美国体操名将，甜美与冷艳并存，技巧与气质俱具佳；9. 飒爽之美——海德曼，一位中国通剑客，飒爽英姿，靓丽甜美；10. 可人之美——杨伊琳，乖巧稳健的体操冠军。

十大情侣：爱情的火种燃烧赛场。1. 失意的埃蒙斯与夺冠的卡特琳娜说，"亲爱的，不要为我哭泣"；2. 林丹与谢杏芳，约定奥运金牌做结婚礼物；3. 谭雪和王敬之，金童玉女演绎剑侠情缘；4. 张娟娟与薛海峰，被称作"冷酷比赛，柔情相爱"；5. 姚明与叶莉，中国最受关注的"高调"夫妻；6. 杨威与杨云，中国体操队领军名将，全能冠军；7. 郑洁和张宇，网球队员与教练；8. 蔡赟与王娜；9. 朱木炎和杨淑君，跆拳道"神雕侠侣"；10. 王海川与刘亚男，排坛名将。

每一个故事都精彩无限，让你感动；每一项比赛都竞争激烈，连创奇迹'尽显奥林匹克精神——更快、更高、更强。

四、看闭幕式，为中国骄傲

百年奥运，几度申请，几年筹备，于二〇〇八年八月八日晚八时在北京中心体育馆胜利开幕。共有二百零四个国家和地区的一万一千零二十八名运动员参赛，历时十六天，三百八十六小时，打破四十三项世界记录、八十五

项奥运会纪录。八十七个国家和地区的代表队获奖牌，我们东道主——中国以金牌五十一枚、银牌二十一枚、铜牌二十八枚，共计一百枚的优异成绩高居金牌榜榜首，可谓名副其实的绝对大赢家。美、俄分获二、三名。国际奥委会主席萨马兰奇在闭幕式上盛赞说，北京奥运会是"一届真正无与伦比的奥运会"。这就是记者一直追问的那个谜——无与伦比。

正如宋祖英与多明戈站在旋转的"地球"之巅，高唱《爱的火焰》："带着我魅力东方之恋，飞翔太阳月亮之间，今夜我要和你点燃心中的火焰。"真是大爱无疆。正如诗人说的，"此曲只应天上有，人间那得几度寻"。还是萨马兰奇说得好，奥运会让世界了解北京，让北京走向世界。同样，世人认识了中国，中国走向了世界。

一文友在《为谁喝彩》一文中说，为向全世界奉献一届科技奥运、绿色奥运、人文奥运的一流奥运会的中国人民喝彩，为一切为奥运做出奉献的人喝彩，为和平、友好、平等的奥林匹克喝彩……

奥运会结束了，看得见的是眼前的成绩，看不见的是永远地留在国人和世人心中的无限的、日益壮大的……伟大而辉煌的胜利。正如老外们说的：中国真棒！

二〇〇九年一月十四日

善眼看社会

如果说毛泽东等老一辈革命家，从旧社会的水深火热中拯救了灾难的民族，推翻了压在中国人民头上的三座大山，建立了中华人民共和国，自立于世界民族之林，顶住国内外的巨大压力，自力更生，勒紧裤腰带强国强军，带领全国人民开始了社会主义建设，那么三十五年的改革开放，就是第二步，富国富民奔小康。直至今天，我国已经明确提出到二〇二〇年建成小康社会的目标，一个日渐强大的中国令世人不敢侧视，刮目相看。

当我们国家的综合国力蒸蒸日上，人们享受盛世福祉的时候，仍有人无事生非。拿着较高的工资，住着舒适的房子，吃着美酒佳肴，却满嘴的不满意。这也不是，那也不是。我身边就有这样一位，本来也是穷孩子出身，是共产党培养起来的，自谓当年贡献也不小，却看啥都不顺眼。一次涨工资，涨了七百多元，当人们祝贺他时，他非但不感恩，反说这不合理。于是有人反问，涨七百多不合理，普通职工才涨二百多，这就合理了吗？他理屈词穷，无言以对，灰溜溜地甩手走开了。

也有的人自谓有些才气，文笔还可以，可他自己说，一睁开眼睛，看到的都是污垢，所以他的笔下都是什么贪污、腐化、社会乱象，糗事一堆堆，看不到光明，满眼污浊。记得一九五七年的一天，美术老师张老师带我们去阿城糖厂写生。第二周讲评时，老师贴在黑板上一幅画作，让大家品评。大家发表过意见之后，老师给作品打了分：零分。同学们不解。老师郑重地说："偌大个糖厂，高楼林立、花木丛生、设备先进，可取景之处举目皆是，他却偏偏选择一个厕所，这是一个非常忌讳的选材。"不看光明，只看阴暗面，这样的艺术观是危险的。这样的人，天鹅可爱极了，他视而不见，而用放大镜看臭虫……也有的人专看外国的好，似乎外国的月亮也圆。唯独生养自己的国家不好。就像别人家都好，唯独自己家不好；别人的父母都好，只有自己的父母不好……凡此扭曲的心态、错误的言行，岂不是病态吗？试问这种心态

三镜正心君共勉

125

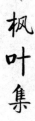

怎么能写出动人的文字,画出优美的画,歌颂我们的光明与伟大呢?

近日,看到百度文库归纳的"调节心情的三十句安慰语"说得好。其中第五条"多用善眼看世界"中说,以恶眼看世界,世界无处不是破残,人都变成"坏人",以"善"的眼光看世界,世界总有可爱处。其实为人处世也好,文学艺术也好,总是看(写)主流的。孔子的《论语》就是宣讲"仁爱",流传至今,哲理犹新。诸子百家、唐诗宋词、当代作家丁玲的《太阳照在桑干河上》……不都是正能量吗?

善眼,即有善言。看见光明,才能写出具有正能量的作品,别一叶障目,不见泰山,误入歧途,反误了自己。

舌尖上的故事二则

　　德国人注重节约，领袖与民众皆如此。

　　一位朋友曾去德国办事，四个人按国内习惯点了八个菜，饭店服务员见状，拿来就餐说明，上面写着"节约资源"，以示劝解，四个人没有理会。这时，服务员说话了："先生，我们这里能吃多少点多少，还是少点几样吧!"几人很不高兴地说："我们交款就是了。"见劝阻无效，服务员请来老板，老板说点两三个菜就够了，这是饭店的规矩。她万没料到，这几位却说："我们交钱就是了。"老板笑笑："国家资源不能浪费，钱是您的，资源是我们的，否则是要罚款的，既罚你们，也罚我们。"几位无奈，只好点了四个菜，结果还是剩下不少。当几位要离开时，服务员立即告知："请交罚款。"四个人一愣。其中一位灵机一动，计上心来：我们打包。

　　走到外面时，路边有个垃圾箱，刚要顺手一扔，不料一位清洁工人上前阻拦："先生，这么多食品，不能扔。"正说着，一位警察过来了，请交五倍罚款。还很不连贯地说出一句中国话："毛泽东说'贪污和浪费是极大地犯罪'。"朋友说，他听了这话心里一震，顿感莫大地耻辱，也彻底领教了德国人的责任心，就连服务员、清洁工都有主人翁精神。节约是美德，是品质，是教养，也是习惯，是一个国家、一个民族素质的体现。

　　改革开放学什么? 窃以为首先是精神。

三镜正心君共勉

生命的卡片

曾有文字资料记载,瑞士的户籍管理制度很健全、规范,凡有小孩出生,一律到保健院,由保健院专业管理人员填表,首先通过网络查看他(她)是国家第多少位成员,即顺序号,这个号码跟随其一生,有如我们的身份证号。然后,填写姓名,性别,出生年、月、日、时、分,家庭状况,健康状况,居住地址等项目,存入系统,实行程序化管理。

户籍卡格式统一,首要一栏都是"财富"。瑞士人一般都填写"时光"二字,意为:生命是上帝在每一个人的账户中存入的一笔财富。出生之前,谁也不知道它有多少,而每个人每天都在消耗它、支出它,直到有一天快要离开人世时,它将出现赤字,生命的时光也将消耗殆尽。

曾有人说,人生只有三天:昨天、今天与明天。昨天,已经花出去了;明天是未知的;只有今天,才是你带在身上的"现金"。如李大钊所说:"你能确有把握的就是今天。"

中国有句谚语:"一寸光阴一寸金,寸金难买寸光阴。"这"光阴",即瑞士人说的"时光",也即是我们所说的时间。时间是什么?用富兰克林的话说,时间是组成生命的材料。所以,时间就是生命。浪费自己的时间就是浪费生命。"无端地空耗别人的时间,其实无异于谋财害命。"因此,人们应认识到,珍惜生命,就是活在当下,把握今天。

教育"回炉"现象不可取

　　近两年来,高校毕业生人数逐渐增加,就业难成为不可回避的现实。许多本科生、研究生手里拿着自己精心准备的推荐资料去应聘,然而落空者居多。有些人一次次应聘,又一次次失败。据媒体报道,其中最为关键的问题有两个,其一是大学生们都想找个好差事干,所为好,就是人们通常说的白领、公务员,坐办公室的。这就注定多数应聘者失败。因为社会上不需要那么多管理者,而多是需要从事基层工作的劳动者。毛泽东早在新中国成立初就提出,使受教育者在德育、智育、体育等方面都得到发展,成为有社会主义觉悟、有文化的劳动者。一改传统的读书做官的旧观念。然而,很多人仍旧习不改,观念不更新,因此找不到满意的工作,也就是正常的了。但目前这种现象还算少数。其二是大多数大学生虽然认可参与技术或体力劳动,但所学专业知识写在书上,说在嘴上,不能变成实际能力,真正操作时反而成了技术盲了。如同有人说的"理论上的巨人,行动上的矮子"。笔者曾亲历一件小事:某校青年教师布置新房,几位同事去帮忙,要挂几个彩灯,两位名校物理系毕业的大学生,竟然不知道怎么接线,急出一头汗,好不容易接上灯管儿,却又不亮。无奈之下,只得硬着头皮找来学校的电工,电工查看后发现,原来没安跳泡。一位同事调侃了几句:四个大学生,一同安电灯。不懂装跳泡,请教小电工。这当然是个例。

　　现在的社会中,确有一部分大学生因为缺乏实践能力,一职难求。只好回过头来,再到职业学校补上这一课,媒体称之为"回炉"。于是有人说教育出现一低一高,即大学生就业合格率低,大学生"回炉"率高。这种现象说明高校教育的缺位,没把培养劳动者的目标放在重要位置,是理论与实践的脱离。同时,又严重浪费教育资源。

　　如此看来,"回炉"是竞争的失败,是无奈的选择,是生命、青春与年华的浪费,实属下策,不可纵容。古人云:"一寸光阴一寸金,寸金难买寸光阴。"

三镜正心君共勉

129

鲁迅先生说,浪费他人的时间是图财害命,浪费自己的时间等于慢性自杀。难道不值得深思吗?

其实,高校本就将专业分得很细,只要注重实践训练,培养学生的能力,"回炉"的现象也就不复存在了。

开个医治神经过敏症的药方

近日,看了一则题为"老妇跌倒被误认为是讹诈"的新闻,看后打了个冷战。原本刮倒并拖行老人的摩托车司机不但没跑,停车后还跑到后边将老婆婆抱起,扶到一旁的公交车候车亭内。从这一连串的动作看出,这位司机很负责任。然而,后来却又逃跑了,这原因就是:在老人与司机关于赔偿一事协商无果时,两位中年女士将老人的手扒开,帮助司机逃跑了,正应了那句俗话"不怕没好事,就怕没好人"。与其说是帮了司机,还不如说是害了原本善良的司机。一是立马把好人变成了逃逸者,二是给司机心里压上一块石头,他一定寝食难安。人啊,好与坏,对与错,美与丑,善与恶,就在这一念之差,你说这两位女士岂不是帮了倒忙吗?她们是自作聪明。试问,怎么那么神经过敏呢?

我有理由相信,这是一位有良知的肇事司机,他一定后悔了,只是被人误导了,一时没开窍。所以他一定会反省,良心发现,主动负责并道歉。我也有理由相信,老婆婆与家人不会讹诈这位司机。我们的社会、我们的人民是理性的,而那些企图讹诈人的人是极其个别,少之又少的个例。别再以小人之心度君子之腹,别再给社会添乱,也别再给别人与自己找麻烦。反省一下,什么才叫帮忙,今后该怎样帮忙?给和谐社会一个交代,更是给自己的良心一个警示。众人观之,醒神清污,医治神经过敏症,使坏事变成好事。

三镜正心君共勉

聊天也该讲究分寸

　　许多老年人，酒足饭饱，闲来无事，到楼前楼后、小广场、小公园去锻炼、散步、聊天。三三两两凑在一起，边走边唠。说说笑笑，优哉游哉，好不快乐。

　　无论男女，也不问什么行业、职务高低，大家都是休闲一族，尽管闲聊闲侃。大到世界风云，小到居家过日子，天南地北、古今中外、奇闻轶事，无所不包，无所不有。

　　但是，由于人的素质不同，偶尔也会出现一些话不投机的情况，用东北话说叫"抬杠子"，闹得不愉快。究其根源，多属说话不假思索。窃以为闲聊闲侃，固然很随意，为和谐起见，似乎也应有个潜规则。这里不妨简称之为十要十不要：

> 说话要讲理，不要强词夺理。
> 语言要文雅，不要污言秽语。
> 态度要和谐，不要羞辱人格。
> 对人要善意，不要搬弄是非。
> 评论要公正，不要添枝加叶。
> 逗乐要幽默，不要涉及他人。
> 议政要求实，不要诽谤谩骂。
> 聊侃要有度，不要无中生有。
> 传闻要选择，不要张长李短。
> 遇事要冷静，不要出口伤人。

小心"陷阱"

　　远古时代,人类为了生存,捕捉野兽,尤其是凶猛又不易捕捉的野兽时,想出一个办法,挖一个大坑,再引诱野兽追赶,令其在狂奔中掉入坑中,然后将其抓住。这种办法用在后来的部落战争中,称之为陷阱。这是古典小说中经常使用的一种计策,而且愈用愈奇。《三国演义》《水浒传》中有,《西游记》中也有,人们把这种诱敌的办法演绎成战术,凡诱敌之法皆可谓陷阱,如"三十六计"中的"十面埋伏""欲擒故纵""美人计"等,统统可称之为陷阱。当今社会中也不乏陷阱,连人们一向认为很严肃的高考也有人设下了陷阱,有些家长为了孩子能上大学,不惜重金求人,落入骗子的陷阱。

　　现实生活中,五花八门的陷阱令人防不胜防,尤其是老年朋友,更容易落入陷阱。媒体曾报道,大庆市一老太为子女祈福心切,被骗子盯上,落入骗子设下的圈套,结果一次被骗去数十万元。我的一位同事,为换澳元,交给骗子人民币四万元,幸亏报案及时,警方布下天罗地网,逮住骗子,追回被骗钱款。某地一女子因急于找到好工作,也被骗子盯上,最后不仅失身,还险些丧命。如此等等,不胜枚举。如今的陷阱花样翻新,一不小心便会落入。

　　试问,人们何以屡遭陷阱,而又让骗子屡屡得手呢? 如洪应明在《菜根谭》一百二十七条中说:"非分之收获,陷溺之根源。"意思是,不是自己所应享受的,无缘无故所得到的意外之财,即使不是上天故意来诱惑你的诱饵,也必然是骗子用来迷惑你的机关陷阱。为人处世如果不在这些地方睁大眼睛,就很容易落入骗子的圈套。

　　陷阱固然可怕,然而更可怕的不是陷阱,而是人们自己的心理防线。正如我的那位被骗的同事说的,谁也不怨,就是自己想占便宜,说白了就是贪心。不管加上什么修饰,陷阱毕竟是陷阱,还是小心为好。

三镜正心君共勉

不看不知道,一看吓一跳

二〇〇五年一月五日《中国老年报》刊登了题为"世界卫生组织公布的健康食品和垃圾食品"的消息。文字不多,并附有名单。

阅读之后,令我大吃一惊。万没料到,我们平时的饮食误区太大了。在这里一是推荐朋友们都看一看这篇幅极短又颇具价值的文字,对己对人或许都有好处。二是想说说平日里饮食方面的一些不良习惯。

一到节假日,家人小聚,儿孙绕膝,心里一乐,做几道油炸美味,喝点饮料、小酒。自以为蛮有口福,也蛮有心情,没料到,油炸之物还是垃圾食品,久食危害健康。

人们茶余饭后或有空闲,带着孩子,逛街遛弯儿时,常常随便在路边吃点烧烤之类的食品。以为既休闲又时尚,还可以哄小孩子。殊不知,又是垃圾入口,反当美味了。倘若长期如此,恐怕会祸及孩子的幼小身体。不少人,尤其是年轻的父母,习惯于给孩子买小食品,什么饼干、果冻、果脯了,以及各种饮料,尤其是膨化食品,久之危害健康。听说邻居的孩子就是因为久食小食品而铅中毒入院了。

如此看来,我们的日常饮食误区还真的不少。应该惊呼,朋友们,为了孩子,也为了自己的健康,还是注意点饮食科学吧!其实,每一个人的健康,也就是十三亿人的健康,也就是中华民族的健康。难道不值得注意吗?尤其是别把孩子吃垃圾食品的害,误当作爱!

测试孩子兴趣的感悟

曾见亲朋好友,年轻夫妻,盼孩子成龙成凤心切,用一种老掉牙的方法,在孩子小手刚会伸屈时,在孩子面前摆上钱币、书籍、笔墨、首饰、胭脂、乐器,有的还放有烟、酒、麻将……五花八门,然后,由着孩子伸手去抓。据说抓钱的,长大能发财,抓书籍、笔墨的,将来要做学问。

不禁要想,这法子灵吗? 一旦验证了,或许也是偶然与巧合。因为小孩子没有明确意识,纯属大人们的一种精神游戏。或者说是寄予一种愿望罢了。而曹雪芹则是以宿命观点写贾宝玉的。仔细一想,也许并不奇怪,宝玉生下来睁眼见到的,身边围着转的,鼻子闻到的,都是女人和胭脂的色彩与味道。他的视觉、味觉、听觉已被感染和熏陶,这就是环境给初度人生的宝玉的感染作用,抓脂粉也就不奇怪了。

如今,有专家提出,孕妇要对胎儿进行胎教,以音乐激活胎儿的听觉细胞,用数学促进大脑的思维能力,出生后则要以光线、色彩、语言、味道激活各个器官,调动幼儿的智力因素,在本能与人性的基础上,在多种外界事物的影响下激发兴趣。

但是,真正兴趣的形成,还要经过学习、锻炼和广泛的社会熏陶与实践,在复杂的过程中逐步完成。中国有个词语叫"子承父业",很有道理。小孩子最好的老师是父母,接触最多的人是父母,人生中所受影响最大的还是父母,给予生活实践能力的也是父母,继承父母的事业也就顺理成章了,况且还有遗传因素呢!

旧社会时,铁匠的儿子还是铁匠,木匠的儿子还是木匠,如今是信息化、现代化、科学化的时代,人们受到的教育,接受的信息不同,兴趣广泛,爱好多样,因此,如今的孩子已是兴趣多多,将来从事什么行业,钻研什么技术,都不可以单凭用手一抓而定,做父母的宜科学开发才是。孩子的前途是不可限量的,也不是父母可以左右的,万万不可固守旧法。还是多读一点儿幼儿心理学、教育学,用科学的观点,理性地教育、培养孩子为好。

枫叶集

带孩子与惯孩子

　　时下,不少家庭都是爷爷、奶奶或者姥爷姥姥带孙辈。多数老人溺爱孩子,宠孩子,任不大懂事的小孩子由着性子玩耍、嬉闹,毫无约束。久而久之,不知不觉地惯出来一些坏脾气。小时候不当回事,长大了可就脾气难改,禀性难移了。"人之初,性本善",渐渐地"苟不教,性乃迁"了。

　　一位老先生,哄外孙,一两岁觉得孩子很好玩,乖巧、机灵,在外公跟前撒欢,逗得全家人合不拢嘴地乐。三四岁,孩子想干啥就干啥,想怎么玩就怎么玩,要玩电脑就玩,说看电视就看。一天看大人用手机,他也要玩,不会开机,就往地上摔,姥爷一吆喝,孩子躺在地上边打滚边哭喊:"老爷欺负我。"大人伸手一抱,孩子两只小手乱打乱挠。老先生这才感到孩子不好哄了。

　　六岁去学前班,孩子早晨不起床,起床不洗脸,不吃饭,不着忙,眼看时间到了,也不走。姥爷和他商量,他扬着小脖子:"你去学习吧,我不去了。"弄得老人无可奈何。姥爷气不打一处来,举手要打,小孩子开口甩出一句:"敢动我?打人犯法,我要打110报警!"老人一边诉说,一边叹气:"这孩子没得哄了。"于是与孩子父母商量,赶快改变教育方式,否则把孩子惯坏了,会影响一生的。

　　无独有偶,一位老太带孙女,孩子已经十二岁了,初中一年级。因为从小奶奶便所有事情一手代劳,至今连手绢都不洗,甭说外衣外裤,就连自己的内衣、袜子也脱下来往盆里一扔,每天换一次,老奶奶天天洗洗涮涮伺候着。一天,奶奶劝说:"你长大了,该自己伺候自己了。"她理直气壮地说:"我学习忙,等我上大学再干吧。"老太无奈地说,自己六岁洗衣服,到地里摘菜,八岁就做饭、喂猪……孙女听了气不打一处来:"你那是旧社会。"俗话说,脾气(毛病)是惯出来的。试问,谁之过?

　　这看起来似乎是个例,其实是现代社会中普遍存在的现象。不能不说是家庭教育失衡，人们对孩子教育认知的偏颇，或许也是社会教育的滞后。尤其应该让年轻的父母认识到，孩子该由谁哄。难道不该认真地思考吗？

不客气地说，多数老年人带孩子，与其说带，其实就是哄，哄的实质就是一个"惯"字，惯的结果，还不如坦率地说，就是"害"。因为这种带法，没带好，反倒带坏了。坏不就是害吗？这也是许多人反省后达成的共识。

常言道，十年树木百年树人。家庭教育，这人生第一课堂不可忽视。梁启超的《少年中国说》说得好："少年强，则中国强。"毛泽东曾说："中国的前途是他们（她）的。"如此看来，这小孩子的初始教育绝非自己的事，而是事关国家前途命运的大事。孩子也是国家的孩子，而非只是自己的孩子。为实现复兴的梦想，真得研究研究、琢磨琢磨，让幼儿也走出家门，融入社会化教育体系，塑造家国天下的人才。

三镜正心君共勉

搀扶跌倒老人还要理由吗？

近年来，媒体连连报道老人摔倒该扶还是不该扶的讨论。然而，各执一词，说法不一，感慨良多。窃以为，即使是年轻人偶然失足摔倒，也要帮扶，何况老人。这是人性，无须理由。

中华民族上下几千年的传统美德教导人们：扶老携幼、救死扶伤是做人的本分。做人，良心不能泯灭，道德天平不允许失衡，我们堂堂文明古国的人心、礼仪、道德、法理绝不能扭曲。我们不应该，也不能被个别事件或案例蒙住眼睛，拿着一件当百件，无限扩大。佛语说"救人一命胜造七级浮屠"，退一步说，拿着人心比自心，换位思考，摔倒的是自己的亲人，难道眼看着不扶吗？帮扶是做人的本性，见死不救是蔑视人性，是道德缺失，是法理不容的。如果你眼看着倒地老人生命垂危，却视而不见、袖手旁观，或许正是因你没伸援手而葬送了一条鲜活的生命，你可安宁？那么每逢想起，你会饭吃不下，觉睡不着，会做噩梦。这样的人不是一个堂堂正正大写的人。是非曲直谁都心知肚明，难道还要讨论来讨论去这样那样的理由吗？！至于救助方法，另当别论。

应该强调的是，凡有以此讹诈他人者，不只是千夫所指，更要法律严惩。扬善必须惩恶，法律不容践踏，道义不容亵渎。给正义一个与交代，还正义一个公道，才能弘扬美德。

春节后离家给老人留下点啥？

春节过后，儿孙都陆续离开老人了，热热闹闹的家又冷清下来。这一热一冷，使老人们孤独感顿生，有的愁眉不展，一脸的无助，有的甚至哭哭啼啼，得了"节后抑郁症"。媒体报道，青岛一位九十三岁的老太竟然从三楼跳下，亏得有人救助，免遭不幸。看来这节后对老年人的关注真的不容忽视。怎么办？

一是临别前告诉老人啥时候再回来，给老人买些吃的、穿的、戴的，哄着老人等待；二是向老人讲明，要有好事来临了，在家等着，下次回来一定有惊喜，留下一个美好的盼头；三是经常打个电话，问寒问暖；四是按老人的习惯，预备几样适合娱乐、打发时间的玩具或设备，让老人有点事干，消磨时光……或劝老人约上左邻右舍遛遛弯儿、聊聊天、唱唱歌、玩玩牌。

我的邻居老太的儿子就做得尤其到位：他借过年之机，请来同小区经常与母亲一同遛弯儿、聊天的几位大娘、婶婶一起庆贺春节。感谢她们几年来经常陪母亲散心，说是因为她们的陪伴，老母亲才能像现在这样健康快乐……这是用一种积极感恩的方式给老人创造了快乐氛围，堪为明智之举，值得推荐、效仿。

如此，老年人有朋友经常陪伴聊天，岂不是避免了孤独吗？

三镜正心君共勉

139

去谁家过年？看开明老人咋说

去谁家过年，这是一个不大不小，却萦绕在许多年轻夫妻内心的难题。又因此，两人之间常常闹出本不该有的别扭。别看这是小事，一到年关，便成为那些初婚的小两口的难题。

其实，这就是一个传统与现实，新观念与旧礼法在现实社会的碰撞。一旦遇到一方固执己见，往往容易闹出矛盾，大则出现感情裂痕，不可小觑。

按说不就是过个年，不就是那么一天、一顿饭吗？你还别小看了这事。我真还见过邻居几对小两口闹得生闷气，甚至还声称要离婚呢？

其实，理性一点，双方大度一点，别硬把传统当成铁律，只需要变通一点点，也就皆大欢喜了。何必那么教条呢？

不妨看看处理巧妙的几则实例：

其一，儿子给骆先生打个电话："老爸，我俩刚结婚，今年去你那儿过年吧，这是规矩呀。"老骆是个明理的人，立马回答："回哪儿过年不重要，只要有孝心，在谁家都一样。我看这样吧，你岳母家远，平时没时间回去，她就一个人，太寂寞，今年就去她家。咱家离得近，随时都可以回家看看，就去你岳母那儿吧。"这叫开通。

其二，李老太更是心中有数，早早就告诉儿子、媳妇："今年你俩在岳母家过年，有两条原因：一是已经怀孕了，岳母家近，不用老远地折腾；再就是岳父有病了，就近照顾照顾，这是做人就该讲究的。"这话让儿媳从心里感激。这是明智啊。

其三，张老太告诉姑娘说："你们刚结婚，去婆婆家过个年，安慰安慰老人，也合乎传统习惯。明年如果有小孩了，天冷不方便走得太远，那时再回咱家，你婆婆也会理解的。"嘿，这话多暖心呀！

其实，明白人好办事，老年人越来越想得通，何必你家我家，一个电话、一个问候，夫妻和睦，千好万好，谁家都一样。

一个孝字贯古今

说起孝道,由古及今,早已融进中华民族的骨子里。

远自尧舜始,唯孝是为君。所谓"人生之至性,百行之本原",为历代人们所承传、崇尚。《史记·五帝本纪》记载,尧禅位于舜,最为看中的是其孝顺其父瞽叟。

历代君王,虽贵为天子,仍先孝亲敬祖,而后袭位。匡亚明在《孔子评传》中曾说:"孔子在孝的观念中注入和强调了亲子之爱这一新因素,却是有光辉的。"

《论语·为政第二·五章》,孟懿子问孝:子曰:"无违。"即不要违背道德和礼节。樊迟曰:"何谓也?"子曰:"生,事之以礼;死,葬之以礼,祭之以礼。"即活着按礼节侍奉;死了,按礼节埋葬、祭祀。孟武伯问孝:子曰:"父母,唯其疾之忧。"即忧愁父母的健康与疾病。子由问孝:子曰:"今之孝者,是谓能养。""至于犬马,皆能有养。不敬,何以别乎?"这里强调的是孝敬之心。不仅是衣食住行,更主要的是一颗孝亲敬老的内心,即今之精神赡养。至于子夏问孝。子曰:"色难。"这就是又一个升华。既要有孝心,又要在言行中表现出内心的喜悦。"有事,弟子服其劳;有酒食,先生馔。"这才是既有作为,又有态度。

《论语·里仁·第四》十九章,子曰:"事父母几谏。见志不从,又敬而不违,劳而不怨。"这是在谈做子女的与父母交流,劝谏不从时,只在心里忧愁而不埋怨。

子曰:"父母在,不远游,游必有方。"也是体现了孝道。

由此可以看出,古圣先贤对"孝"字的重视程度。

古时曾推行举孝廉。如李密在《陈情表》中说:"伏惟圣朝以孝治天下……愿陛下矜悯愚诚,听臣微志,庶刘侥幸,卒保余年。臣生当陨首,死当结草。"拜表推迟应诏,堪称孝心典范。

枫叶集

　　而今，针对"常回家看看"已经立法，更见国家对传统孝文化的重视、继承和发展。《新二十四孝》应运而生，被注入了有关孝文化的全新观念，备受人们欢迎，让年轻人、老年人都耳目一新。

　　当代孝文化的核心内容已经不只是物质赡养，而是重在精神赡养、文化赡养。尤其不仅仅在于一家一户的家庭养老，而是转为社会化养老、现代化养老、新型的人性化养老模式。这是值得肯定的。

老人被骗谁之责？

二〇一四年三月十一日，在报纸上看到一篇文章《"治病神器"竟是日本垃圾桶》。看一眼标题就能气炸肺。文中说"治病神器"的销售者还宣传什么让胖子变瘦，瘦子变胖，还能抗癌。明眼人一眼就能看出，纯系骗子迷惑人的招数。千百年来，除非神话故事，否则从来没有过什么神药、灵丹妙药。有人戏说，撒谎过了头，鬼都不信。然而，我们的老年朋友误入歧途，宁可信其真，不愿辨其假。竟然把日本人的垃圾桶当"神桶"，把垃圾桶泡出来的水当"神水"，岂非怪事，贻笑大方？

尤其可恨的是不法商人，昧着良心，为谋私利，帮日本人的忙，害自己的同胞，把日本的垃圾桶拿来当宝贝，本来一百元的东西，卖五百五十元。用垃圾桶制药，不仅是欺骗，祸害，更是令一些不明真相的老人上当受骗，自取其辱！

还要问问那些吃"神药"的老人的子女们，你们如何行使监护权的？怎么眼睁睁看着自己的父母受骗却无动于衷呢？平日里常回家看看，父母的事多关照关照吧。

这不是简单的几位老人吃亏上当的个例，其实是个社会问题。被欺骗的老人害了自己笑死贼，难道还不算耻辱吗！

我们大声呼吁，为了人民健康，为了市场的规范，为了法律的严肃，为了国家的尊严，必须对不法分子严惩不贷，还百姓一个公道。

三镜正心君共勉

老人再婚几多愁

——一个亟待解决的问题

据调查显示:我国1.6亿的庞大老年群体中,单身者占多数,欲再婚者又占单身者多数。然而再婚的阻力却让她们犯了愁。

一愁世俗观念深重,在儿女面前难以启齿,唯恐遭到耻笑、议论,无奈地退避三舍。

二愁有了爱情,失去了亲情。怕儿女们从此疏远,不再来往。

三愁养老积蓄、房产被儿女瓜分。一旦再婚,儿女们会以怕财产流失,替老人保管为名,将老人的钱财搜刮个一干二净,老人两手空空,也心里冰冷。

四愁对方提出的苛刻条件,儿女们的约法三章。本来操劳一辈子了,到老了想要舒心地过几年,反倒被限制得近乎失去了自由。

五愁一边是儿女,一边是新伴儿,平衡不好关系,操心费力还伤感情。

六愁一旦磨合不好,把自己扔进感情的痛苦深渊中。

凡此种种因素,致使老人们再婚举步维艰,不敢轻易谈及。家,这个感情世界该怎么处理? 已成为欲再婚的老人的心病。这个问题该解决了。

老年夫妻关系冷思考

不少老友一聊起夫妻关系，言语中就会流露出无奈。什么老伴叨叨咕咕了，脾气渐长了，没事找事生闷气儿了，尤其是动辄说什么我伺候你一辈子了，省吃俭用了，养儿育女了，没功劳也有苦劳了……陈芝麻烂谷子，没头没脑地数落个没完没了。

这似乎是当今社会老年夫妻中的普遍现象。按理说也并不奇怪，只要冷静地想想，就可以理解了，夫妻间失去了年轻时的浪漫，而多了些疲惫和烦恼。不是有人总结过夫妻间的关系吗，"患难容易享福难，苦尽甘来是非偏。少了甜言和密语，磕磕绊绊过百年"。

不管怎么说，随着岁月的磨砺，年轻时的花前月下、火辣辣的爱情消失殆尽了，剩下的只是柴米油盐、锅碗瓢盆，还有生活琐事，此时维系家庭最为需要的是对爱、对家庭的责任。相濡以沫一辈子，非要理出个对错来似乎不易，况且自古就是清官难断家务事。没有大是大非的原则问题，没有较真儿的必要。

老年夫妻关系的处理原则，首先是理性，其次是冷静（冷处理），三是退让，四是幽默，五是呼唤青春的激情化解心理障碍。避免打扑克似的"升级赛"，最忌讳的是说过头话，做过分的事，揭人伤疤，甚至以离婚相要挟。

记得三十年前报载的一首诗："五十婆婆七十翁，老来情比少时浓。闲哉静坐并嫌远，常在欢腾拥抱中。"这是高尚的节操，和谐的音符，夫妻的楷模，学习的榜样，不妨效法。家庭是社会的细胞，每个细胞的和谐，就是整个社会的安定、幸福。

智者曰，和谐才能心舒，心舒才能体健，体健才能长寿，长寿才能共享和平盛世的美好生活。老夫老妻何乐而不为呢？

雇人祭祀不可取

近两年兴起一个三十六行以外的新行当。因为自古没有过，也应该叫创新了。这个行当就是代人祭祀。据说收入不菲。

有卖就有买，据媒体报道，确有生意，一些自谓有孝心，又远在他乡的儿女们，宁可花钱雇人，免去自己的舟车劳顿，也算尽了一份孝心，乐而为之。于是，花钱的与挣钱的各得其所。

对此新生事物，褒贬不一，且各有说辞。年轻人比较认同，而老年人则难以接受，且提出不少疑问。按说祭祀先人本是孝心之举，让他人代劳，难保真诚，眼泪是感情潮水的流淌，哭诉是内心感受的倾吐，而非演戏的台词。钱不是万能的，世上许多东西也不是用钱可以买到的，钱可以买到物质，但买不到精神。感情不是商品，商业化的祭祀，纯属戏谑。

《论语·八佾》第十二章："祭如在，祭神如神在。"意思是祭祀祖先时就像祖先真的在面前，祭祀神时就像神真的在面前。"吾不与祭，如不祭。"我若不能亲自去祭祀而由别人代劳，心理仍觉得如同没有祭祀一样。

当然，对于特殊情况，如患病或身居海外等，委托亲友也是可以理解的。

其实，随着信息化、网络化的发展，网上祭祀逐渐兴起。这种形式值得推广，一改传统祭祀方式的弊端，取而代之的是环保、科学又不失纪念意义的新方式。

祭祀先人是发自内心的情感表达，而非作秀。否则就是亵渎先人。有一句流传于民间，虽然不雅，却很在理的话，专说给那些假装有孝心的人，"活着不孝，死了乱叫"。

祭祀，还是亲自为好。

做一道"亲情计算题"

据报载,一位与父母分隔两地的网友说,假如父母再活三十年,自己每年回家一次,那么也只有三十次。每次五天,除去睡觉、和朋友聚会等时间,真正能陪伴父母的时间只有二十四小时,也就是一天。三十年只有一个月。

不计算,总认为尽孝很简单,一计算,惊出一身汗。

按人均寿命七十五岁计算,一个人从呱呱坠地到上大学,计为十八年,大学毕业,有了自己的生活之后,七十五年减去十八年等于五十七年。按那位网友的计算方式,就算每年回家一趟,陪父母的时间也只有五十七天。那么,父母陪你十八年,而你就算孝敬父母也是五十七天,还不到两个月,这个比例的差距,岂不是太大了吗?难怪我的一位一同遛弯儿的老友说:"我只要孩子们还给我十分之一的心思、百分之一的时间就满足了。"

人们平常总说"常回家看看",就算与父母居住不算太远的儿女们,也因为疲于奔波,尽管有那个孝心,也没那个时间尽孝,偶尔看看父母也是来去匆匆。用老年朋友的话说叫"点点卯"或"走个好瞧""打个照面",不能像《常回家看看》这首歌里唱的"唠唠家常、捶捶背、揉揉肩……"

大多数孝顺子女,都是给钱给物,给足了父母吃喝穿戴,以为这就算尽孝了。真能做到不但常回家看看,还能帮父母干家务,减轻父母负担,替父母分忧的,为数不多呀!然而,老年人更为需要的是亲情,即所谓精神赡养。这对矛盾的凸显,恰恰是对社会化养老模式的呼唤。

三镜正心君共勉

善待老人

看了《古怪老人》与《这老人太难伺候》两文，很同情他们的儿女。说实话，文中老人的脾气挺大，动辄无来由地摔东西、骂人，其实，儿女们也确实尽心尽力了。可是，又不能不深究这老人古怪脾气的原因。

试想，如果这位老人年轻就这样，儿女们会接他到自己家住吗？一定不会。那么，现在老了，脾气来了，这是怎么了？是故意刁难，折腾儿女，还是心理因素作怪，或许这就是老年病。这种老人多半自认为辛苦了一辈子，把儿女拉扯大，在儿女面前功劳大大的，儿女怎么做都满足不了。这多半属于一种病态。有的儿女怎么陪护，也不快乐；有的满嘴胡说，一点理都不讲……凡此，均属一个"老"字作怪。其实，做儿女的大多都是孝顺的，可就是孝顺来孝顺去，还是越不过这个坎，于是生出许多怨气，认为老人倚老卖老，蛮不讲理，索性你闹你的，一个不孝了事。

我的老友的遗孀，八十多岁，儿子百般孝顺，她却闹着去敬老院。儿子为其安排，住单间，专人服务，连洗脚都有人负责。几天不过，她把一件衣服塞在褥子底下，自己忘了，硬说服务员给偷去了，又吵又闹，看似说话一套一套，满嘴道理，实则糊涂。没几个月，养老院招架不住了，儿子把她接回了家，几个保姆都伺候不了。后来，儿子无奈，请来朋友，几经心理疏导，才得知原委，原来老人认为儿子把她推出来了，她是想让儿子天天陪着她。总算找到打开心结的钥匙，这才是精神赡养的关键。

所谓老年病，是人的机体衰老所致，越是这种情况，儿女们越是要体谅，找原因，别发火，别放弃，万不可在尽孝的道路上打退堂鼓。这或许是老年化社会要逾越的孝心门槛。

须知，怎一个"老"字了得，一个"孝"字文难作。

琐议"拥抱"

近日,在一场酒会上,上演了这样的一幕:张先生偶遇一位中学时的女同学,由于四十多年未见,女同学显得格外亲近,笑容满面,张开双臂去拥抱张先生。万没料到,张先生却唯恐避之不及,连忙躲闪到一边,回头便走。这位女同学极其难为情,尴尬得不知所措。在场的人一时也不知如何圆场是好。这场面不能不让人问一个为什么。

拥抱虽然是西方人的习惯,但这种礼仪在我国已经有相当一部分豁达人士潜移默化地接受了。这其实是一种新颖、进步、文明的表达友好的方式。

窃以为:

拥抱是在表达亲切、友好与尊重。

拥抱是礼节性的待客之道。

但是,还需要注意,国人还是国人,这毕竟是舶来品,非我们骨子里固有的,也并非所有人都能接受的,尤其如张先生这样年事已高,陈腐观念太重的人。没有默契,也就没有意义,那样的拥抱是浪费感情,还是双赢好。

三镜正心君共勉

有感于"克莱登大学"现象

　　这些年,常常看见大街小巷的地面上、墙角边、电线杆上、公园里的座椅旁有一排排电话号码——落笔是办证。办什么证?工作证、身份证,尤其是学历文凭证书……什么学历、会员、社团的应有尽有,几乎没有办不了的证件。

　　看来生意一定不错,要么咋到处都有办证的小广告呢?据说这是有来头的。现在是文凭热,社会流行语说得再好不过了:年龄是个宝,文凭低不了。要想办成事,敲门砖开道。这不单单是讽刺,更是大实话。

　　诸如提干、晋级、职称评定等,文凭是硬件,否则什么都没有用。政府、国有企业,甚至私企也要文凭。什么专科、本科、硕士、博士、博士后……文凭低是不行的,没有文凭是万万不行的。所以,人们千军万马过独木桥似的考大学,获取学历证书。更有设法从其他渠道买文凭的,致使社会出现乱象。

　　有些人,原本没有文凭,提干晋级没有他的份儿,无奈之下,便有了造假文凭的想法。应了那句时髦语:有需求,就有市场。造假文凭营生也就应运而生了。尤其是有些官员欺上瞒下,明知是假的,也睁一只眼闭一只眼,只要"敲门砖"开路,再拿来文凭的红本本,签字盖章了事。双方心照不宣,你情我愿,都有了既得利益,于是造假之风愈演愈烈。

　　其实这也并不奇怪,几十年前这股风就刮起来过,且大行其道了。记得那一年评高级职称时,就有位乖巧之人,拿来一纸文凭,撒上一抹墨水,说是多年前不慎公章弄污了,这明眼人一看就知道内里的蹊跷,而评委们却佯装不知,画圈的花圈,举手的举手,于是乎假文凭做成了真职称。若问何以如此呢?原因是一夜之间他们的门被"敲门砖"敲开了,递上了"投名帖子",才有了第二天一路绿灯。然后巧言令色,涂脂抹粉,妖怪摇身一变成佛了。这仅仅是潇潇落木的一叶,窥豹之一斑。也因此风易行,便一夜之间副教授或曰副高职学衔如深山老林里的朽木，堆在路边直绊脚。

有人不平，有人惊呼世道怎么了？仔细一想，见怪不怪。这种现象不是今天才产生的，而是史上早已有之，翻翻史书，不但我国有，外国也有。

有如权威学者钱钟书名作《围城》里的主人公方鸿渐，出国留学四年，换了三所大学。分别是伦敦、巴黎、柏林的学校，据说都没读完，最后却拿回美国"克莱登大学"的博士文凭——有知情人揭老底似的说，当然是买的。这极为讽刺的点睛之笔令人忍俊不禁。

不仅如此，钱钟书先生到底是个大学问家，饱览群书，贯通东西，他还曾引经据典，妙论文凭的作用："这一张文凭仿佛亚当、夏娃下身那片树叶的功用，可以遮羞避丑；小小的一片纸，可以把人的空疏、寡陋、愚笨都掩盖起来。"这话十分俏皮！经典极了。令读者顿开茅塞，耳目一新，原来如此。

其实古代的科举考试也非清静如水，卖官鬻爵历代风行，捐官者屡见不鲜，已经是见怪不怪了。如今这股风仍渐行渐起，势头不减，也就不是什么新奇事了。只要"四风"整饬力度到位，或许"克莱登大学"现象的中国市场也就自生自灭了。

三镜正心君共勉

有感于瑞典官员为什么不腐败

报载《瑞典官员为什么不腐败》一文,说得实实在在,值得一读,更值得思考、探究,乃至寻其根源。

从文中看,瑞典官员不腐败的原因有五:其一,完备的社会福利和保险制度,使人们心中不慌不怕。其二,赋税达到百分之四十多,重税使国民失去追逐财富的动力。其三,政务公开,瑞典的政务透明度超出我们的想象,官员财产公开理所当然,首相请客吃饭,菜单需要上网。其四,社会信息透明,不仅公务人员要公开财产,企业高管也要公开财产。其五,民风朴素,瑞典民风不崇尚个人突出,崇尚自然朴素。

这些条例,清清楚楚地标明国家制度与保险的保障作用,以及国民的朴素意识。诚如一位警察所说:"我根本不会考虑受贿,因为国家给我的工资,足以让我体面地生活。"朴实而知足,纯真而善良,理念与修养,自觉与德操都值得学习与效仿。

那些贪污受贿、违法犯罪的行为与之相比,真是不可同日而语。尤其是瑞典人不追逐财富,当然也就不会有金钱至上的观念,也就不会私欲膨胀,贪得无厌。人与人之间自然就不会产生利益之争,官员也自然不会出现"贪、占、卡、要"的现象,社会也就会安定、和谐。

三个字:无私念。无私,自然也就无争了。或许这就是和谐社会的一种模式吧!值得琢磨琢磨,从中理出点道道来,用这面"镜子"照照自己,或许不无启示与收获。

看李佳蔓一箭定乾坤

闲来爱看电视,尤其体育节目,特别是大型比赛,那叫一个过瘾。偶尔还引发点感想。

二〇一四年南京青奥会比赛现场精彩纷呈,在八月二十五日进行的女子射箭反曲弓决赛中,我国十七岁的选手李佳蔓与法国名将梅拉妮·戈比二人对决。比分处于胶着状态,可谓棋逢对手。到第四轮时,小佳蔓失利,让我这个远在千里之外的电视机前的观众捏了一把汗。直到第五轮,佳蔓反超,二人仍旧不分上下,只剩最后一箭决胜负。这时,我的心跳加快,似乎箭在我手,不能自已。两眼直直地盯住屏幕,就看李佳蔓稳稳地,不动声色地端举弓箭,屏气凝神,一箭射中把心,十环。观众鼓掌,我也拍手叫好。李佳蔓一箭定乾坤!我出了一身冷汗,不自觉地回顾左右,其实家里没别人,只有自己。而李佳蔓夺得金牌的那一刻,只是嘴角微微一动。

我长出了一口气,内心升腾出一种对小佳曼的敬佩——那是良好心理素质与高超技术的默契配合。她两手擎着五星红旗绕场一周,展示了中国女选手的英姿。

在颁奖仪式上,李佳蔓先是嫣然一笑,端庄地站立着,当金牌挂在脖子上时,她似乎什么事都没发生过。她的谈定与成熟令我佩服。直到奏响中华人民共和国国歌,五星红旗升起时,站在领奖台上的李佳蔓再也抑制不住内心的激动,她还是流泪了。为了辛苦地训练,为了给国家争气,为了给民族争光……走下领奖台时她脸上才洋溢起笑容,笑得那么自然,那么美丽,那么轻松,那么自豪,那么灿烂,那么令人骄傲!她把笑容与美丽留给在场观众,留给了全世界的观众。

少年强,则中国强。毛泽东曾说:"你们青年人朝气蓬勃,正在兴旺时期,好像早晨八九点钟的太阳,希望寄托在你们身上。"而今则应说青奥会证明了中国青年是希望的一代。李佳蔓是青年代表,是来之能战,战则能胜的青年一代的代表。

三镜正心君共勉

153

一桌"马年好运"年夜饭

我退休以后爱琢磨厨艺,尤其爱看饮食类节目。不管是前些年的刘仪伟、侯军,还是现在的李铁刚,以及俞世清(面点)等,看了就学。马年了,年夜饭怎么做,当然也得动动脑筋,带孩子们玩呗,图个乐和。经与儿女商议,一致认为,这顿年夜饭起名"马年好运"。

具体方案:首要是饺子,韭菜馅,寓意好运永久。女儿说:"咱们学学网上说的,做饭也得改革,创造个氛围,有个新意,不光是为了吃,还要讨个吉利。"外孙女受到启发,她建议再把饺子包成元宝形,满锅元宝,寓意马上发财。这个创意获得一致赞同。外孙女还提议,饺子里放上硬币,谁吃着了,就是马上有钱。嘿,真是好主意。于是,全家一起动手,六样熘炒、两个拼盘,一桌年夜饭摆上了餐桌。女婿点评:六个熘炒寓意六六大顺,两个拼盘(各有四样小菜围绕盘心)起名为都来了,意思是全家团圆。喝的是红酒,就叫红运来了。

全桌饭菜:马年好运。其实我心里想,不管怎的,乐和就好。用马三立的话说:逗你玩。

给用手机者提个醒儿

朋友，手机充电时击伤人，您听说过吗？

今儿个，一天收到两次消息，一个是大庆电视台播发的，一个是朋友电话提示的，其实都是一件事：有人刚洗完澡，听见手机响，这时手机正在充电，他就一边充电，一边接电话。正在说话，"哎哟"一声倒地了。家人匆匆将其送进医院……经大夫检查，前胸有烧伤，认定为电击伤。

按常理说，手机电池电压不会伤人，但是有三种情况可能出现意外：一是手机质量不过关；二是充电器不合格；三是手太湿。

奉劝使用手机者，一定买正规厂家的合格产品，万万不可图省钱，买地摊产品，尤其是废旧手机。

有调查显示，为数不少的人，尤其是年轻人玩微信、发短信、视频聊天时间过长，又忙着业务，就不顾及充电不充电了。有人坦然地说，经常一边充电一边玩儿，根本没想过安全问题。愚以为应该提个醒儿了。

为您的安全，不要在充电时使用手机。毕竟生命是宝贵的，健康是第一位的。切不可匆忙行事，实在有必要，也要先断电，然后再打电话。时时事事都应防患于未然，别忽视自身安全啊！

三镜正心君共勉

155

亲自品尝以貌取人的滋味

俗话说，人靠衣装马靠鞍。这话是老话，也颇显老道、世故的意味，这些年似乎被人们遗忘了。笔者曾深深地体会到个中滋味。时隔十七年，一谈起这个话题，往事仍历历在目。

一九九七年春天的一天下午，我正在街边修自行车，弄了一身土，手上也沾满了黑乎乎的油渍，干得不亦乐乎时，一位熟识的女士来找我说："为参加春运会排练团体操，节目已经有雏形，昨天领导检查时解说词没通过，求您去看看排练过程，帮我重写一个。"又说："我们正在排练，最好一会儿就去。"因为是熟人，这个忙儿理所应当得帮，况且校领导亲自邀请。因为她着急回去指导排练，我答应说："您先回去，我修完这台车就去。"

约半小时后，我简单洗洗手，没来得及回家换衣服，身穿油污的二棉袄，头戴绒线帽子，就匆匆去了校长办公室。室内有三个人正说话，我见门半开着，一边敲一边迈进门槛。一位年轻女副校长摆手说："别进来，你是干啥的？"我见她没有好脸色，出口也不客气，回答说："修自行车的。"她气不打一处来地说："你有事到外边等。"

看她这么神气，我好笑又好气，干脆直呼校长名，说找某某。她说不在。看来进不去屋了，我就说是某某请我来的。她有点不信，觉得修自行车的找校长干啥呢？于是说："她今天忙着呢，你改天再来吧。"无奈，我只好说："明天我可不来了，你就转告她吧。"我刚要转身走，校长匆匆忙忙地回来了，见我就说："哎呀，您可来了，我们参加排练的师生都在操场恭候您呢。"

我说："来一会儿了，没进去屋，你看我这身穿戴能行吗？"那位年轻副校长见状，满脸通红，又不敢当着校长的面实话实说，只好悻悻地离开办公室。

我到操场观看了排练，当场提出建议，并一边看一边写串词。

那以后，我再也没提过这件事，怕校长惩罚那个不懂事理的年轻人。

至今，一想起来，就觉得穿衣戴帽看起来是小事，但不修边幅还真的容易误事，还是讲究点好。

写下来，或许对那些以貌取人，见人下菜碟者是个警示。

我也要当主持人

大庆市下辖的肇源县,有个独具特色的德瑞国学经典幼儿园,园里有个小男孩叫姜信。四岁时奶奶、妈妈看孩子聪慧、乖巧,记东西的速度比一般孩子快,合计着就将孩子送到了国学幼儿园。

这孩子干净利索,有礼貌,会说话,人见人爱。学习方面,老师教几遍,他玩儿着就能很快背诵下来。几个月工夫,《新编弟子规》《三字经》《孝经》便都能背诵。不到一年,开始学习《大学》《中庸》《常礼举要》等。

同时,学唱歌、舞蹈、乐器、绘画,了解时政。孩子尤其懂得尽孝、感恩,在家帮爸爸、妈妈做家务;吃饭时要让太姥爷先吃第一口,然后他才能吃;见到长辈主动问好、敬礼;吃饭前要先念感恩词。

幼儿园培养孩子参加社会活动的意识,经常举办形式各异的活动。

二○一五年"六一"儿童节前夕,园里筹办联欢会,推选主持人。聪明伶俐、擅长歌舞的五岁的姜信举手对老师说:"我也要当主持人。"经过老师与孩子们的推荐,姜信被选为主持人。

演出开始,小姜信穿得很时尚,戴一顶西式编织凉帽,手拿话筒,一上台就向小朋友、老师、观众行了个三百六十度转圈礼。然后,做了一个自我介绍:"我叫姜信,五岁不到。老师讲过,'姜'字是上下结构,上半部与'美'字的上半部一样。所以姓姜的,一定像我一样长得美!"逗得观众哈哈大笑。他接着说:"那说的是美女。我不是美女,我是俊男,英俊的大男子汉。"老师与观众万万没想到,小家伙竟然这么幽默、可爱,语出惊人,不禁一齐鼓掌,还情不自禁地举起手机拍照,留下这个靓丽男孩的俊美照片。

小姜信,不只主持节目,还参与了集体舞蹈《幸福的笑脸》。

联欢会结束后,老师夸奖姜信主持得好,他底气十足地说:"老师让我背的《弟子规》《三字经》……我天天背诵,天天回家给爸爸、妈妈、姨奶、太姥爷背书、练拳、唱歌、表演舞蹈,还背《大庆幸福谣》呢。我太姥爷说我可乖了。

三镜正心君共勉

157

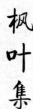

我在家每天都表演节目,每天都是主持人。将来长大了,我还要去电视台当主持人呢!"老师鼓励他说:"加油,你的愿望一定能实现。"他美滋滋地给老师行了一个礼。

　　近日消息传来,德瑞幼儿园二〇一六年辞旧迎新联欢会再次选中小姜信做主持人。这几天,在老师的指导下,姜信正信心满满地准备着。今天的历练必是明天登高的基础。

　　人说三岁看大,七岁看老。真的是有志不在年高,祝福小姜信茁壮成长。

二〇一五年十二月七日十一时三十五分

夫妻和谐福寿多

　　走进九十岁高龄的王老家，一眼看去，他身材高大、魁伟，虽然拄着手杖，脚步缓慢却稳健。除了耳朵背，怎么也不敢相信他是一位高龄老人。老伴儿比他还大两岁，已经九十二岁了，如今腿脚还利落，还能帮助儿媳洗菜、打扫屋子，看上去一点老态也没有。儿媳说婆婆很要强，干净利索，穿着打扮一点也不马虎。老两口和和气气，有尊有让，一辈子都没红过脸儿。

　　王老说，家庭和睦，啥事都省心。他说老伴儿叫胡淑芝，是个善良朴实的人，干净利索一辈子。自打十七岁进家门，家里的活计都是她干。二老结婚快七十年了，金婚、银婚、钻石婚都过了，没打仗吵闹过。

　　王老说："我这辈子心满意足。年轻时一心干工作。离休二十七年了，这房子越住越大，工资年年涨，现在又给发高龄补贴，坐车、去公园、去景点不收费……我的儿女们都孝顺。我俩就是享福，享共产党的福，享儿女的福，没有烦心的事，我知足了。我俩现在就是天天在小区的院子里活动活动，看看花，看看蝴蝶，闻闻草香，晒晒太阳。上下楼相互搀着点，别摔了给国家糟蹋钱，给儿女添麻烦。"老人还时常拿着巴掌大的老花镜看报纸的大标题，还想了解点新闻。

　　谈起吃喝时，老人说："我一辈子不挑吃喝，托共产党的福，比旧社会强百倍、千倍，都赶上旧社会的皇帝了。我还真愿意吃粗茶淡饭，不犯毛病。我就是知足，心情好，活得开心。"

三镜正心君共勉

159

根据自身变化　调整活动计划

　　凡事都得实事求是,身体变化了,活动规律也得随之改变。世上从来就没有一成不变的道理。我们老百姓的生活也如此。

　　十三年前,一位老友退休了。他从小爱劳动,又在部队受过训练,因此满面红光,身体倍儿棒,走起路来昂首挺胸,腰板倍儿直。一看就是硬汉子。老伴贤惠,治家有方,啥事也不用他操心,每天就是潇洒地打牌、玩扑克。老友们羡慕地说,那才叫"只要心中无牵挂,一年四季好风景。"

　　十年后,有一次患了感冒,感觉身体有些不适,便去医院检查。结果报告单显示:血压偏高,心血管血流不畅……需进一步诊断。他有点不服气,心想自己曾经是部队的强将,工作是好手,杠子打不倒,怎么就冷不丁来病了呢?子女们带他去大医院仔细一查,医生告知需要进行支架手术。他不得不接受这个对他来说近乎严酷的事实。手术后,医嘱明明白白地写着:不要大动作,不要剧烈活动,也不要长时间坐着,最好散步、遛弯儿。

　　他多年来养成的习惯再也不能不变了,于是调整了计划:每天不吃早饭的旧习改为早六点喝稀粥,半小时后吃药,然后散步一小时。午饭后,趁阳光充足,遛弯儿一小时。

　　由于活动计划改变,几个月后,心情好了,身体也适应了。一年多来,又渐渐找回了当年的感觉。用他自己的话说,改变计划真的有效了。

　　如今他回想起过去,觉得前十几年犯了两个错误,一是每天坐下玩扑克,一坐几个小时。二是吸二手烟,棋牌室面积本来就不大,烟气腾腾,呛得昏头涨脑。自己一辈子不抽烟,二手烟没少吸,难怪得病。真是个教训呀!

身边老友皆闪光

小区里很多一起遛弯的老友,与雷锋是同一时代的人。几十年来,雷锋就在他们心里。他们没有雷锋的名字,却有雷锋的行动,几十年如一日地践行着雷锋精神,他们是我身边的活雷锋。他们感染着、激励着他人。

六十九岁的高永财,是小区的模范楼长,感动大庆的精神文明候选人。他的邻居常有外出旅游或过候鸟式生活的,少则几个月,多则一年半载,常常把钥匙托付给他,因为他办事让人放心呀!有人说"让你费心了"时,他就嘿嘿一笑说:"费啥心,你信着我了,高兴还来不及呢!"

平日里谁家水管、电路出了小毛病,谁家有了病人,有个家庭矛盾什么的他都全力帮忙,三更半夜地陪着,不说一个"不"字。二〇〇九年,龙凤区推选他为大庆市十大道德模范候选人,大照片还上了《大庆晚报》。邻里们称他为好邻居。去年社区选楼长,大家一致选他。华谊社区主任就说,这样的楼长名副其实。他是一天做一箩筐好事的活雷锋。

陈某老两口去天津,一住就是几年,虽然和高永财不在一个楼,但就是信任他,把家托付给他。高永财也如同看自己家一样,连室内卫生都认认真真地搞好。

报纸与电视台先后七次报道了他的事迹。

七十岁的迟师傅家住一楼,经常清扫楼前积雪。他不只扫自己家门前的雪,还扫他人门前雪。他的事迹还上了报纸。一人带头,数家参与,所以他居住的楼前总是干干净净的。

七十八岁的王侠女士,为了让一起遛弯的老友乐和乐和,听说百湖花卉超市、博物馆都开放了,便自己率先探路,然后第二天带大家去开眼界,一起找乐。她说:"我一人问路,你们就省得跑弯道了。也算咱们走出小区,奔向大庆。"一有什么好消息,她准保和大家分享。二〇一二年春节,她的学生给她拜年,寄来一张菊花光碟,他就给大伙看,一边欣赏,一边聊天。她说,独

三镜正心君共勉

乐乐不如众乐乐。

七十八岁的骆老先生，一次乘公交车，半路司机停车，驱赶一位带小孩的老太太。一气之下，骆老先生打车去该公交公司，为老太太争理儿，给公交车司机上了一堂教育课。他说文明社会，公交是窗口，是大庆的形象。

七十九岁的老乐，每天推一辆自行车上早市，不为自己，见到小区的老友们买菜拎不动，他一律把菜挂在车上。他说，这车用的人越多，作用越大。既能一起唠嗑，又能助人为乐，何乐而不为呢？

大家天天一起遛弯，一起聊天，一起锻炼。一些看似小小的，不经意的举动，其实都是雷锋精神的一种体现。老人们一点一滴地践行着雷锋精神，虽然不是轰轰烈烈，却也在一点一滴中闪着光。

九旬老太的快乐生活

在大庆乙烯家属楼八区楼间小公园晨练时,经常遇见一位手拎着挂棍,一边听着歌曲,一边绕着圆形大花坛遛弯的老太太。老人穿着讲究,干净利索。走路腿脚灵便,轻松自如。有时快走几步,又立刻慢下来,正着走几圈,又倒走几圈。看起来那叫一个精神矍铄。

问及老人高寿,老人客气又略带幽默地说:岁数不大,才九十七岁。让我这个七十九岁的人听了,再也不敢称"老"字了。又问老人,听歌是带着随身听了吗,她回答:"啊,在我的拐棍里。"原来是手杖里有个小小的带录放功能的设备。老人接着说:"是女婿给录制好的。"说着,老人手指一按,就开始播放歌曲,再一按就是响铃,再按是指示灯,晚间一按就可看手表。我仔细看了老人戴的手表,是一款坤表,很小很小,我问:"这么小的字能看清吗?"老人抬起手来,眼睛与表盘约一尺远,说:"现在是七点零五分。"我一看自己的表,果然一分不差。真是耳聪目明啊!

当与老人谈起身体如何保养得这么好时,老人笑笑说:"《宽心谣》不是说了吗,'日出东海落西山,愁也一天,喜也一天;遇事不钻牛角尖,身也舒坦,心也舒坦;每月领取养老钱,多也喜欢,少也喜欢……心宽体健养天年,不是神仙,胜似神仙'。"口齿清晰、语言流畅,一字不差,一口气背完。我从心里,佩服老人的记忆力。最后,老人动情地补充一句:"这不就是现在的社会好嘛。"这是从内心流露的真情实感:知足常乐、感恩社会,我更加理解老人康乐长寿的原因了。

老人生活简朴,一生不沾烟酒,荤素搭配适当,粗细粮都吃。家里零食、水果样样都预备,但她都是只吃几口,从不多吃。老人说:"就是要新鲜。一生没得过啥病,偶尔有点小毛病,用物理疗法治疗,家人熬点姜汤,买点小药调理调理就好了。"

老人这些年最大的兴趣是旅游。老人说:"年轻时没钱,走不起呀!孩

三镜正心君共勉

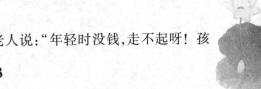

子们有孝心,现在条件也好了,趁身体还好,又惦记住在各地的孩子,顺便看看风景,这不三亚、广州、上海、北京,连续四次坐飞机,一年多往返一趟。"乐乐呵呵,飞来飞去常走走,看似平常,其实这不就是尽享盛世福祉的圆梦老人吗!

乐天奶奶歌舞情

二〇一三年十二月十一日,大雪节气已过,正值隆冬,冰天雪地。大庆乙烯家属区八区的小公园里,约二十位老太太如每天一样下午一至三点钟迎着暖阳,聚在一起,听音乐、唱红歌、拍打健身扭秧歌。说说笑笑,其乐融融。邻里们称她们为"歌严冬,舞冰雪"的乐天奶奶。

这些老太太都是家住小区里的,年龄最高的是孙淑清,八十三岁,最小的一位六十岁,平均年龄七十五岁。由于年事已高,身体较弱,腿脚不那么灵活,不宜走远去参加大型的集体活动,又不甘寂寞,待在屋里与电视为伴,老姐妹们一合计,决定在楼间的小公园里就地就近活动活动。没想到,这一凑合就有十七八位,有时还有临时赶来的,有二十位左右。偶尔也有几位老头来凑凑热闹,跟着扭一扭。

几年来,她们一年四季不间断,已经成了备受人们关注的风景线。就连清洁工每逢下雪也早早来把场地清扫干净。无论夏秋百花争艳,还是春寒料峭,隆冬冰雪,只要是阳光普照,老人们都会不约而同地前来聚会。然后七十六岁的程老太打开自带的录放机,大家跟着唱,《洪湖水浪打浪》《兰花花》《南泥湾》,有时一唱就是十首八首。唱着唱着,兴致高涨,不由自主地就扭起东北大秧歌来,有时还拿着扇子,像模像样地摆起来。尽兴后,再坐在花坛半圆形的台阶上休息,闲聊,拍手、敲腿。应了那句"只要心中无牵挂,一年四季好风景"。

有人说,老太太们吃饱喝足,享盛世清福。韩老太由衷地坦言:"这都是托共产党的福。"她们夏练鲜花香,冬踏白雪舞,真是一帮"老冬青"。神清气爽,怡然自乐,福寿双全,令人羡慕。

三镜正心君共勉

165

收获与畅想

在二〇一四年与二〇一五年交替之际，辞别骏马，迎来神羊，当谢上帝赐我康年，时代赋我福祉。我辞别古稀，迈入耄耋，不胜快乐之至。

感激之时，向关心、帮助我的编辑老师、文友与读者们汇报：乘骏马一程，略抖精神，不避粗陋，奋笔疾行。经师友鼓劲、学生助力，出版《晚风集》（上、下册）；在报刊发表文章四十三篇（长则近二千字，少则几十个字）；重新研读蒙学丛书三本，阅读《容斋随笔》《官场现形记》等几部书籍，报刊五种天天翻阅，受益匪浅，且兴趣大增，令我最为仔细琢磨的还是咱《金秋周刊》，几乎篇篇读，或敢说遗漏者寥寥无几。骏马还带来两个礼物：一是《金秋周刊》授予的"2014 年度优秀通讯员证书"，二是受聘《老年日报》特约通讯员的证书。另有病魔两袭，幸喜均被击退，溃而逃之夭夭，而我则毫发无损。白衣天使笑曰："真较劲儿，你乐观面对，暂且无妨。"

迎来神羊，欲振奋精神，再接再厉，学"五羊"神智，奋老叟之力，再创新绩。

诗曰："骏马神羊传接力，中华儿女呼声疾。共筑复兴小康梦，一举剿灭蝇虎时。老骥伏枥歌千载，头羊带路饮清池。明朝神州出新彩，奋笔疾书添美丽。"

晚年生活要转变"三念"

操劳一辈子，子女都大了，该安享晚年了。这是大多数老人的想法，也是理所应当的。但是怎样安享晚年，把生活过得更好，还真是值得琢磨的事。

看到一些老人的习惯和做法，以为起码应有三个观念要转变：即传统的家长观念、旧的消费观念、安逸的享受观念。

小区里的一位老人，儿女们早晨迟迟不起床，不做饭，上班着急忙慌，碗筷不刷，扔得乱七八糟；小孙子玩电脑、打游戏，父母不管……他看不惯，跟儿女吵吵闹闹，觉得这么过日子不行，弄得儿子、媳妇很无奈，说他别操心，他却不甘心，空惹烦恼，还觉得伤了自尊。

随着社会的变革，如今大家已变成了小家，由传统的几代人的大家庭，变成了如今的三口之家或二人世界。子女另立门户，老人只需要管好自己就行了，子女自有自己的过法。俗话说得好，一辈子不管两辈子事。可是，小区里的这位老兄还在管闲事，总以为我是家长，怎么就不听我管呢？这家长式的旧意识太老了，别再固守了。

他一辈子省吃俭用，看着儿孙大把花钱，他心疼。一顿饭花几百元，一双鞋近千元，一条裤腰带一千多元……他整天叨叨咕咕，硬是想让二十一世纪的人过旧社会的苦日子。自己苦了一辈子，还想让儿孙也过苦日子，怎么可能呢？这消费观念应该转变了吧。

有一位老友，六十刚过，身体棒棒的，什么活儿也不干，本来可以帮儿女做一些力所能及的事情，到幼儿园接送孩子，可他却一手不伸，整天背着个手，优哉游哉。回到家里，还要儿女伺候，衣来伸手，饭来张口，说什么到享福的时候了。这不就是贪图安逸享受吗？老友们议论说这不可取，老人也要自强，找点自己的营生，丰富自己的生活，活到老，学到老，更要活到老，活动到老。否则，儿女们也担心，生怕他享受出病来。

看来，这时代不同了，老年人的思想意识也该改变改变了，尤其是养老的事也得琢磨琢磨，跟上时代的步伐，学点心理学，别走入误区。

三镜正心君共勉

167

为众乐乐而乐的张族珈

近几个月来,大庆石化总厂的退休职工,六十七岁的张族珈先生,确实火了几个月,忙活了几个月,也着实乐和了几个月。用他自己的话说:"能为老同事们做点事,我的心里比他们更乐和。"

由于体制转型,单位合并,工资等事宜需要本人办理,退休后分散在祖国各地的老同事又被召集回来,齐聚一堂。

也许是年事已高,分别已久,见面后格外亲近。再加之各地信息不同,生活习惯不同,话题也格外多,尤其是那些新鲜事儿。大家一起开会、就餐、旅游,有说不完的话,讲不够的故事……张老见状,心生一念:怎么不留下这难得的众人济济一堂的场面呢? 于是,本就爱好摄影、录像的他,便把每天的活动一一录制下来,再制作(刻)成光碟,给每人留下一份终生难忘的纪念。他将影碟、幻灯片播放给大家观看之后,老同事们都一致叫好,说:"今生难得再这么齐整地相会了,这个纪念品好极了。"老同事们有个共同的话题,就是老来多有寂寞。于是,张先生根据不同人的不同需求,搜集红歌一百首并制成光碟,有的爱听流行歌曲,他就制作流行歌曲光碟,还有马玉涛专辑、郭兰英专辑、蒋大为专辑……有的爱看电视剧,他也一一制作,两个多月,硬是手把手教会几位老同事玩电脑。

因为黑夜白天地忙活,有人说他似乎消瘦了不少,他却高兴地说:"难得给大伙带来点快乐,我是越干越来劲儿,心里乐呀!"

果然,这些老同事回到各自住地后,纷纷打来电话感谢张先生,有的说:"是你给我消除了寂寞,给了我快乐。闲来听听歌、看看碟,回忆回忆这次聚会,好极了。"张先生说:"其实我比他们更乐和"。这正如《孟子》说的"独乐乐,与人乐乐,孰乐"?

"转"好还是"非转"好？

"奉命"去超市买豆油，品牌明确了，可是货架上摆着两种，一种是转基因大豆油，另一种是非转基因大豆油。一时无主。心想：这科学真是发展了，曾听人说过"基因"，但"基因"是啥？我一点都不懂。于是推理，或许那基因，就是"基本的因子"吧。于是就问售货员："这豆油有转基因与非转基因，只差一字，哪个好呢？"她看看我，面有难色，一时语塞。这时，我看其他顾客多买带"非"字的，于是心里琢磨着——从众无虞呀！

老年人心里有事憋不住，遛弯时跟老友们唠叨唠叨。有人说："当然是非转基因的好啊！"也有人说："以前吃豆油，也没听说过什么'转'呀'非'的，现在净整事。"有一老友发问了："豆油又'转'又'非'的，我们自己生的黄豆芽子是'转'还是'非'呢？那豆腐、豆浆、豆花，还有大酱是'转'还是'非'呢？超市的豆制品，还有豆粉、腐竹、素鸡……是'转'还是'非'呢？"这一连串问题让老友们张口结舌，面面相觑。

是啊，咱老百姓几乎天天与黄豆"共舞"，那么，岂止是豆油"转与非"呢？天天饮食，谁能说得明白呢？

于是有好奇者问："大豆如此，小麦、水稻、玉米、马铃薯，以及各种青菜、水果难道也有'转''非'的说道吗？尤其是改良品种那么多，进口食品铺天盖地，怎么能知道是'转'还是'非'呢?！动辄无公害食品、绿色食品、环保食品、健康食品，请问是'转'还是'非转'，您明白吗？"一老友哈哈大笑："吃到肚子里自己'转'与'非转'去吧。"

试问，谁能说得清呢？

三镜正心君共勉

169

木兰拳走过的岁月

"咱大庆石化总厂木兰拳队在国际大赛上获奖了。这是多年的努力终于有回报了,等她们回来一定好好庆祝一下。"大庆木兰拳队的队友们奔走相告。

木兰拳是全民推崇的健身拳术,它是将太极拳、气功、武术、体操等的基本功有机地结合在一起,创编出的一套崭新的武术拳种。

二〇一四年六月十九日,"中国木兰拳暨民族传统文化展示国际大赛"在三亚拉开帷幕,大庆石化总厂木兰拳队应邀参加了比赛。参加这次邀请赛的不但有国内各城市的代表队、少数民族代表队,还有法国、意大利、荷兰等国际代表队。五十七支代表队,七百余人齐聚三亚。大庆石化总厂代表队教练员程显华带领队友一行 7 人,表演了木兰双剑"双龙穿云。"她们凭借优美的身姿、娴熟的技术、鲜明的节奏、韵味十足的表演一举夺得团体赛金牌,为大庆石化总厂增光添彩。这个奖项也圆了木兰拳队队友们多年的梦想。

都说台上一分钟,台下十年功。对于程显华来说,能够在国际大赛上获奖真是一个惊喜,而当初组建木兰拳队时根本没想这么多。

那是二〇〇〇年八月,年近五十的程显华从岗位上退下来。平日长于拳法,乐于锻炼,此时闲下来,她看见许多姐妹们在家待着没事干,不是整日里带孩子、做饭,有干不完的家务事,就是沉迷在麻将桌边,赢了高兴,输了还生气,甚至闹得不和气。也有的人坐久了还得了坐骨神经痛、颈椎病等病症,打几圈麻将就直不起腰来了。她就试着把这些姐妹约出来玩玩,散散心,做点健身活动。当时只有二十几个人,找个楼边的空场地练起了木兰拳。几个月后,人数增加到五十几人。经过一段时间的训练,我们不但打木兰拳,还练木兰扇、木兰剑。

随着队伍一点一点地发展壮大,她们已经不满足于强身健体,而是有了更高的追求,为了更新技术、提高技艺,程显华还自费出去学习。二〇〇〇年,首次去中国木兰拳发源地上海拜师学艺。后来又先后四次赴上海学习了操、拳、单扇、双扇、花扇、武扇、单剑、双剑、长穗剑、单圈、双圈、双匕首、双花棍、单刀、双刀、拂尘等几十个套路,获得了中国木兰拳教练员资格证书。程显华还自费购买了录像带、录音带、光碟、书籍,回来后又在已经学会的套路的基础上,一招一式地研究练习,提高技艺,有时候还请姐妹们到家看录像,一个一个动作练。付出有了回报,十几年的付出,终于带出了一支拥有五百余人的木兰拳队伍。

二〇〇〇年,在大庆市妇联主办的万名妇女健身活动启动仪式上,在众多表演队伍中,石化总厂木兰拳队的表演深受好评,受到领导的重视。为把此项活动推广开来,市妇联与体委联合聘用程显华为全市木兰拳辅导员。于是,大庆市的木兰拳活动全面开花。二〇〇三年,在市直机关运动会上,程显华教练带领一支以石化总厂木兰拳队队员为主,由五百名妇女组成的队伍表演了木兰拳单扇《鹤舞云天》,受到领导与群众的一致好评。石化总厂木兰拳队也因此声名鹊起。

木兰拳团队从小到大,一步步走来,被群众认可,更得到有关领导的关注、重视与支持。如今又设立了排练场,冬天不冷,雨天不浇,热天不晒,有了自己的音响设备,尤其是有了在总厂内部各厂矿演出的机会。并与大庆市有关部门联系,多次演出,交流经验,使演出水平不断提高。

风从水中掠过,留下粼粼波纹;阳光从云中穿过,留下丝丝温暖;岁月从林中滑过,留下圈圈年轮……正因为不断出去演出,这支队伍越来越得到群众认可,声名远播。有的报刊也多次刊登照片及进行文字报道,二〇〇七年三月《大庆石化总厂》的报道《余热生辉·记大庆石化总厂离退休管理处木兰艺术团》,二〇〇八年九月十三日《中国石油报·金秋周刊》的报道《乐带姐妹共健身》,二〇一四年七月二十六日的《金秋周刊》又报道了石化公司木兰拳队获国际大赛金奖的消息。这次木兰拳队被中国木兰拳暨民族传统文化展示国际大赛组委会邀请,有机会与国内、国际木兰拳爱好者同台展示,留下金奖之光,穿越岁月,写下永恒。正可谓十年之功乃使成!

注:此文系张文兴与苑枫合著。

硕鼠之害的启示

贪吃、盗洞，这是老鼠的本性。土屋、粮囤、场院、田地、瓜园、仓库，尤其是食堂、饭店后厨等有吃有喝的地方，多半都有老鼠寄生，有些地方甚至泛滥成灾，危害甚重。

《诗经·硕鼠》记载："硕鼠硕鼠，无食我黍。"可见，老鼠自古以来就是祸害于人的。我小时候还眼睁睁地看见老鼠爬上房梁，钻进奶奶装点心的小竹篓里偷吃蛋糕。后来，老鼠被大伯打得吱吱叫，让老猫叼走了。

一九六六年"文革"期间，因怕被查抄，不得不把一木箱线装铜版书籍埋在仓房犄角处。两年后，搬家时挖出来，拂去土层，只见一个大洞，打开一看，书被啃得很碎，耗子在里面做窝了。帮我搬家的老同学打趣说："耗子吃书，满腹经纶。"弄得我哭笑不得，心疼得眼泪都出来了。我总在想，耗子何以对书也不放过呢？一部劫后余生的《唐诗合解》，至今还留有被啃噬的累累伤痕。

还记得二十世纪七十年代报载：某食品厂仓库屡屡丢失东西，几经调查，未见嫌犯。后怀疑保管员监守自盗，换了几茬，仍旧有成箱的糕点不见。一位保管员不服，要求彻底清仓查库。这一查，发现仓库内竟有多个巨大洞穴，相互连通，有的还通往围墙外边，成网状。于是张网以待，逮住大则四十余斤，小则一二斤不等的老鼠数百只。洞内的蛋糕、饼干、干果成堆，人们惊呼鼠患之大大于贼。难怪古人有言，"官仓老鼠大如斗"。此言不谬也。

二〇一一年冬，我家在厨房墙外安装了一个护栏，便于冬天放些鱼、肉、面点、熟食什么的。一次女儿买来几只麻花、油条及一些小糕点，随手也放在护栏里。过了几天，想要吃时，一看食品袋被撕破了，麻花也被啃得一片一片的，这让家人大惑不解，难道有什么东西爬上二楼了？老伴儿说光溜溜的墙，还有铁栏杆，怎么能有东西爬上来呢，一定是虫子。又过了一天，夜里听见窸窸窣窣的声音，我拿手电一晃，扑棱窜出一只近一尺长的大老鼠，嗖地跳出栅栏。我以为跑了就再也不会来了,不料老鼠记吃不记打,接二连三地上楼"造访",把猪肉、黏豆包、香肠也啃了。我下鼠夹、鼠药,都不管用。

我正犯难,不知这老鼠何以能上楼来。

一天遛弯时,家住对楼的老友高先生逗乐似的说:"你家阳台有什么香东西,吸引老鼠大白天爬墙啊?"大家还有点疑惑,怎么可能呢?一天下午,约两点钟,高先生喊几位老友远远观察,见一只老鼠竟然顺着上下左右都成九十度角的墙角向上攀爬,速度之快,技术之熟,堪比攀岩运动员。五六分钟时间,竟能轻松爬上五米高的二楼,钻进护栏。这亲眼见到的一幕,让我与一干老友惊呼:"绝技,绝技!"这耗子成精了。一位老友说:"原来老鼠这么厉害,难怪《五鼠闹东京》编得那么神奇。"

骆先生沉思片刻,不紧不慢地说:"其实老鼠不像蝎子、蜈蚣那些爬行动物,本没有直立爬墙的本能,只是因为你的麻花散发的香气传到很远,而老鼠可以闻到五十米远的地方的气味,这诱惑力,让老鼠贪性发作,不谓艰险,拼命攀爬。功夫都是练出来的。这只老鼠一定是鼠群中的佼佼者,攀岩健将。"逗得老友们哈哈大笑。

硕鼠为害,小则盗空墙壁,破坏房屋,偷吃粮食,传播鼠疫,危及生活、生命;大则倾覆大厦,不可小觑。鼠害尤甚,必欲除之。

173

笔墨文章一盏茗

　　寻得一处闲情，煮一壶清茶，焚一支檀香。伏在书案，用笔墨寄托这款款的思绪。随笔留下一些故事，随意写出一些情思。在这段难忘的日子里，岁月静好，夕阳正红。

《三国演义》中"三"的故事

　　成书于明末清初的《三国演义》,全名《三国志通俗演义》,作者是罗贯中。原本二十四卷,二百四十则,后改为今存流行本一百二十回。该书描写了整个三国时代百年的矛盾与斗争,是我国历史演义小说中的佼佼者,民众誉之为第一才子书。仔细阅读,发现书中许多章节用"三"编织,冠名故事情节。不知是因为"三分"天下的关系,还是作者的习惯与癖好,凡一百二十回书竟有十九个章节以"三"字命名,十分醒目,易读易记。或许这也是作者对"三"的偏爱所致。其中不乏明写与暗写两种。

　　书的开篇第一回"宴桃园豪杰三结义",至结尾一百二十回"降孙浩三分归一统",这"三"字开合如契,聚拢有致,贯穿始终。此为明写。

　　"桃园三结义"的故事家喻户晓。缘起于幽州太守刘焉发榜招军,玄德看了榜文,慨然长叹。身后一人厉声言曰:"大丈夫不与国家出力,何故长叹?"玄德回视其人:"身长八尺,豹头环眼,燕颔虎须,声若巨雷,势如奔马。"其人曰:"姓张,名飞,字翼德……"这便是张飞第一次出场。饮酒间,见一大汉,推着一辆车子,到店门口歇了,自谓:"快拿酒来吃,我待赶入城去投军。"玄德看其人:"身高九尺,髯长二尺,面如重枣,唇若涂脂,丹凤眼,卧蚕眉,相貌堂堂,威风凛凛。"叩其姓名,姓关,名羽,字长生,后改云长。因三人都意在投军报国,志同道合。于是相约次日于桃园中焚香誓约:"念刘备、关羽、张飞,虽然异姓,既结为兄弟,则同心协力,救困扶危,上报国家,下安黎庶,不求同年同月同日生,只愿同年同月同日死。皇天后土,实鉴此心。背义忘恩,天人共戮。"这一拜,便成为盟约典范。后人有诗赞曰:"天下云游四部州,人心好比水长流。初时相交甜如蜜,日久情疏喜变忧。面前背后言长短,恩来无义反成仇。除却桃园三结义,哪个相交到白头。"这故事堪称千古绝唱,评书大家袁阔成为之评说终生,每说必赞。

笔墨文章一盏茗

第一次平乱得胜,有诗赞曰:"'三分'好把姓名标。"

第五回破官兵"三英"战吕布,作者意在渲染刘关张兄弟"三人"合心通力的英武气概。

第十二回陶恭祖"三让"徐州,第十七回曹孟德会合"三将",第二十二回袁曹各起马步"三军",第二十五回屯土山关公约"三事",说的是关公被围,张辽劝其"三"罪。关公曰:"兄有'三便',吾有'三约'。如其不允,吾宁受'三罪'而死。"短短几句话,也是连用五个"三"。一见云长珍视桃园"三结义",二显"三件事"的忠贞。

第三十七回刘玄德"三顾茅庐",第三十八回"定三分"隆中决策,这里既有"三顾",又有未出茅庐已定"三分"的隆中对策。"三顾"与"三分"互为因果,凸显了刘备谦恭求教,诸葛亮智谋超群,后人称其为求贤若渴,礼贤下士。

至于第三十九回荆州城公子"三求计"、"三江口"曹操折兵、"三江口"周瑜纵火,也是以"三"着笔。至于第五十一、五十五、五十六三回书,写孔明一气、二气、三气周公瑾,俗称"三气"周瑜。描写的是诸葛亮智谋高超,事事为营,步步紧逼,致使周瑜自叹弗如,伤感老天不公,神明不佑。周瑜深知技不如人,望天长叹"既生瑜,何生亮"? 气绝于世。

第八十八、八十九、九十三回书则说的是三擒、五擒、七擒、七纵孟获。这显然是在"三"的基础上的升级版。诸葛亮以神话似的战争魔术征服孟获,令其心服口服地说"南人不复反矣",彰显了诸葛亮出神入化的用兵策略。第九十二回写诸葛亮"智取三城",意在叙写诸葛亮用兵的机智。直至第一百二十回"三分"归一统。

全书以"三"将文字连缀起来,颇有一番寓意,或是作者有意为之的妙用,给后人留下耐人寻味的"三"字构成的传奇佳话。

以上均为明写,使人一目了然。再看暗写,更是别有一番境界。

曹操的"三次"惨败极具典型性、戏剧性。此三败即濮阳遇吕布、华容遇关羽、潼关遇马超。尽管作者没有列举排次,然读者一看顿悟。

第一次惨败见第十二回,写曹操在濮阳城中,见"四下里人马截来,不得出南门;再转北门,火光里正撞见吕布挺戟跃马而来。操以手掩面,加鞭纵马竟过。吕布从后拍马赶来,将戟于操盔上一击,问曰:'曹操何在?'操反指曰:'前面骑黄马者是他。'吕布听说,弃了曹操,纵马向前追赶。曹操拨转马头,望东门而走"。几近丧命而又得脱。

第二次惨败见第五十回,诸葛亮智算华容,关云长义释曹操。赤壁鏖战,火烧战船后,曹操带残兵败将仓皇逃跑。这段文字巧妙地描写了曹操的"三次"笑、"三次"被拦截,既滑稽,又讽刺,极富戏剧性效果。

"纵马加鞭,走至五更,回望火光渐远,操心方定,问曰:'此是何处?'左右曰:'此是乌林之西,宜都之北。'操见树木丛杂,山川险峻,乃于马上大笑不止。诸将问曰:'丞相何故大笑?'操曰:'吾不笑别人,单笑周瑜无谋,诸葛亮少智。若是我用兵之时,预先在这里伏下一军,如之奈何?'说未了,刺斜里一彪军杀出:'我赵子龙奉军师将令,在此等候多时了!'"于是,曹操冒烟突火而逃。此为一笑。

逃到天色微明,走北彝陵,至葫芦口,操坐于疏林之下,"仰面大笑"。"众官问曰:'适来丞相笑周瑜、诸葛亮,引惹出赵子龙来,又折了许多人马。如今为何又笑?'操曰:'吾笑诸葛亮、周瑜毕竟智谋不足。若是我用兵时,就这个去处,也埋伏一彪军马,以逸待劳,我等纵然脱得性命,也不免重伤矣!彼见不到此,我是以笑之。'正说间前军后军一齐发喊……为首乃燕人张翼德,横矛立马,大叫:'操贼走哪里去!'"诸将见了张飞,尽皆胆寒,操先拨马走脱。此为二笑。

正行时,军士禀曰,前边有两条路,一平坦大路,一崎岖小路……这时只剩"三"百余骑。"又行不到数里,操在马上扬鞭大笑。众将问:'丞相何又大笑!'操曰:'人皆言周瑜、诸葛亮足智多谋,以吾观之,到底是无能之辈。若使此处伏一旅之师,吾等皆束手受缚矣。'言未毕,一声炮响,两边五百校刀手摆开,为首大将关云长。提青龙刀,跨赤兔马,截住去路。操军见了,亡魂丧胆。"曹操无奈,以旧情说之,博取一线性命。此为三笑。

这三次"笑",故事跌宕起伏。曹操一路逃跑,一路大笑。穷途末路,还自谓用兵高超,恰恰反衬出周瑜、诸葛亮的英明,更胜一筹。可谓"三"中又有"三"。

读到这段,顿觉这"三笑"既幽默又讽刺,犹见作者布局巧妙,百看不厌。

第三次惨败见第五十八回,"马孟起兴兵雪恨 曹阿瞒割须弃袍"。"马超、庞德、马岱引百余骑,直入中军来捉曹操。'操在乱军中,只听得西凉军

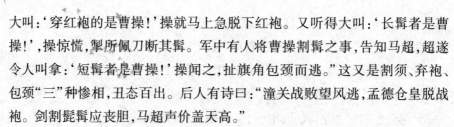

大叫:'穿红袍的是曹操!'操就马上急脱下红袍。又听得大叫:'长髯者是曹操!',操惊慌,掣所佩刀断其髯。军中有人将曹操割髯之事,告知马超,超遂令人叫拿:'短髯者是曹操!'操闻之,扯旗角包颈而逃。"这又是割须、弃袍、包颈"三"种惨相,丑态百出。后人有诗曰:"潼关战败望风逃,孟德仓皇脱战袍。剑割髭髯应丧胆,马超声价盖天高。"

"超厉声大叫曰:'曹操休走!'操惊得马鞭坠地。看看赶上,马超从后使枪搠来。操绕树而走,超一枪搠在树上,急拔下时,操已走远。"

曹操在险象环生的情境中,且有狡黠"三笑",凸显人物内心世界的诡诈。

诸位看官,这明"三"、暗"三"的巧妙搭配,读来是否妙趣横生?

180

千古风范励后人

清明节,很多人要去祭祀先祖。大凡单位,尤其是学校,多半会给学生们讲讲介之推的故事。窃以为,青年人,大中学校的学生都该读读这篇经典。

据《左转·僖公二十四年》记载,晋公子重耳流亡 19 年后,终于还国为君,史称晋文公。国势愈强,且称春秋五霸之一。

晋文公在赏赐曾经伴随他流亡的有功诸臣时,唯独不见曾"割股奉君"的介之推,因此没能赏赐他。

何以如此呢?且看介之推与其母对话可知。介之推认为:"主晋祀者,非君而谁?天实置之,而二三子从为己力,不亦诬乎……"意思是重耳继皇位,这本来是顺应形势的事,这些随他流亡的人却认为是自己的功劳,难道不是很荒谬吗?

介之推打比方说:"窃人之财,犹为之盗;况贪天之功,以为己力乎?下义其罪,上赏其奸,上下相蒙,难以处矣!"这句话的意思是,私下拿别人的财物是强盗,何况贪天之功呢?在下的臣子把有罪的事当作合理的事,在上的国君对奸邪之人加以奖赏,上下互相欺蒙,我难以和他们同朝共处了!于是不但不接受奖赏,也不去说明情况,便与母亲隐居绵山而至死。

晋文公知道介之推是孝子,便三面放火烧山,想逼其出山。介之推母子抱树不出。后来,晋文公派人遍寻,发现母子已亡。晋文公哀痛不已,下令用绵上作为介子推的祭田,敕令介之推祭日禁火寒食,"以志吾过。且旌善人"。意思是,借此记下我的过失,并表彰有功而不贪的善人。

后人把这介之推祭日之一天称为寒食节。

介之推有功而不居,不食官禄,名载史册。他对功名利禄的鄙弃,对奸伪欺罔、人世谬举的愤懑,他的"割股奉君"实乃"奉国",正是中华民族爱国传统的体现。

枫叶集

宋朝诗人黄庭坚在《清明》中云："士甘焚死不公侯，满眼蓬蒿共一丘。"正是因介之推这种对国家的挚爱之情，人们才永远怀念他。

今日读来，言犹在耳，风范尚存。可谓集忠、贤、良、廉于一身，但愿后人祭之、哀之、鉴之、效之。

读蒙学古训　宜传承家风

　　小时候念蒙学读本，只知道背诵，不懂什么意思。到老了脑子里仍残留一些只言片语，大都是感性的碎片，那点所谓的理解仍旧停留在一知半解中。近来人们频频谈起家风，也有人向我询问，这让我感到一头雾水，很是汗颜，实在说不出个所以然。于是又重新翻书，请教个究竟。初高中学生的必备辞书《汉语成语词典》，连"家风"这个词条都没有。不得不翻阅《辞海》："家风，犹门风。指一家的传统习惯、生活作风等。"这虽是权威的解释，但仍不太具体。网上有人说："所谓的家风，是指一家或一族世代相传的道德准则和处世方法。"这个认识似乎升华了，然而还是没说出个里表究竟。

　　找出了几本蒙学读物，翻阅时，仿佛回到了私塾学堂。记得老先生讲《修身》，首谈"齐家、治国、平天下"。所谓修身，即修养身心，亦即人的品行、道德、礼仪、学识、举止言谈、行为操守……要求人先修其身，而后齐其家；先齐其家，然后治其国；先治其国，而后平天下。这就是旧社会读书人的理想追求，也是人生的过程。

　　而这修养身心的过程，绝非只在书塾，尤其在人生的第一课堂——家庭。家里的父母、兄弟姊妹、三姑六姨、左邻右舍……从小所接触的人、看到的事、习俗礼仪、道德行为无不在幼小心灵打上烙印，即所谓的耳濡目染，这也许就叫家风。

　　好家风有助于形成良好的社会风气，是社会正能量的重要源头。社会是无数家庭的组合，良好的社会风气是无数家庭良好家风的高度凝聚。在中国传统文化中，先修身后齐家，而后才能治国平天下，志士仁人都非常看重良好的家风。诸葛亮"宁静致远，淡泊明志"的家风，包文正"铁面无私、清廉刚正"的家风，林则徐"与人无争"的家风……都是先贤们留给后人的宝贵财富。

　　其实，"家风"则是非常抽象化的概念。好的"家风"需要一个家庭、一代

人乃至数代人经过日积月累的文化沉淀才能形成。多少年来,我们谈党风、政风、民风,很少谈家风。其实,在某种意义上,家风才是根子。古人讲修身齐家治国平天下,真是讲到了点子上。无以齐家,何谈治国。而齐家,首先要有好的家风。

诗言志的典范

——读毛泽东诗词

（上）

如今人们口口相传的毛泽东诗词，不仅蕴含文韬武略，更在字里行间注满雄才大志，堪称诗言志的典范。

一九四五年九月，在一次聚会上，诗人徐迟向毛泽东主席请教关于诗应怎样写的问题。毛泽东即题写三个字：诗言志。作为回答，这或许就是他一生作诗填词的亲身体会、经验谈，也是写诗填词的宗旨。他不但这么说了，也这么做了。

青年毛泽东目睹国力衰败，民不聊生的惨况，忧国忧民，壮怀激烈。他渴望到外乡学习新文化、新知识，追求科学与进步。尽管父亲不支持，他仍坚持离家。临行前写下这首《呈父亲》："孩儿立志出乡关，学不成名誓不还。埋骨何须桑梓地，人生无处不青山。"

一九〇六年，十三岁的毛泽东在井湾里私塾读书，先生毛宇居有事外出，见老师走了，毛泽东就像逃出笼子的小鸟，跑到后山痛痛快快玩了一阵。先生回来责怪他："你怎么敢私自跑出去玩？"他回答："闷在屋里头昏脑涨，背书囫囵吞枣，死记硬背是没有多大用的。""放肆！"见先生生气，他说："那您罚我背书好了。"先生知道背书难不倒他，便指着院子里的一口天井气冲冲地说："这回不背书，不打板子。你给我赞一赞天井。"毛泽东围着天井看一圈，略加思索，脱口而出："天井四四方，周围是高墙。清清见卵石，小鱼囿中央。只喝井里水，永远养不长。"先生愕然，见他出口成章，不亚于七步成诗的曹子建，且诗中似隐含着不凡的思想，从内心感到"蛟龙得云雨，终非池中物"，其志不可小觑。按说十三岁的农村孩子，都在淘气、玩耍。而他却明

确指出旧式教育的弊病,以及培养人才的途径,这是老师始料不及的。

一九〇七至一九〇八年间,在家乡读书的毛泽东,放学后干农活,傍晚帮父亲记账。他父亲一心想让他务农或经商,以光耀门庭。他写了一首《耕田乐》,共八句,结尾两句为"读书甚馨香,坐待时机自主张"。这时,他心中已自有主见与打算,只待时机而已,其志远不在于农商。

一九〇九年,毛泽东在离家五十里的湘乡县东山高等学堂读书。因来自穷乡僻壤,穿着不及他人,被一些出身豪绅家庭的学生看不起,心情有些压抑,独自去池塘边静坐,写了一首《咏蛙》:"独坐池塘如虎踞,绿荫树下养精神。春来我不先开口,哪个虫儿敢作声?"这是典型的借青蛙托物言志。可见他敢为天下先的勇气,和尚还朦胧的领导群众的英雄意识。

一九一五年,袁世凯接受了日本提出的丧权辱国的二十一条,毛泽东写了《明耻篇》题志,"五月七日,民国奇耻。何以报仇? 在我学子"。毛泽东当时还是个学生,他在学生时代就立下雄心大志。当他参加革命后,则明确直言,立志为革命奋斗一生。

一九二五年,毛泽东离开故乡韶山,去广州主持农民运动讲习所,途经长沙,写了《沁园春·长沙》,"问苍茫大地,谁主沉浮"? 直言伟大抱负。一九二七年,毛泽东回到湖南,在湘鄂赣发动秋收起义。《西江月·秋收起义》作于秋收起义开始时。"秋收时节暮云愁,霹雳一声暴动"的名句,极具号召性。

作于一九三六年二月的《沁园春·雪》在引出秦皇汉武、唐宗宋祖、成吉思汗等英雄人物后,进而直抒胸臆,"数风流人物,还看今朝"。尽显共产党人的革命英雄气概。这风流人物,不是个人,而是赞美中华民族时代先锋群体——共产党人。更显志向宏伟高远,气度非凡,敢为历史潮流的前头。

作于一九三七年四月的《祭黄帝陵》一文中的"亿兆一心,战则必胜。还我河山,卫我国权。此物此志,永矢弗谖",是代表中华民族向先祖黄帝宣誓。堪为宏伟的誓言!

(下)

古代身为一代君王的诗词名家,尽如王国维所言,"词至李后主而眼界始大,感慨遂深"。李煜的《虞美人》:"春花秋月何时了?往事知多少。小楼昨夜又东风,故国不堪回首月明中。雕栏玉砌应犹在,只是朱颜改。问君能有几多愁?恰似一江春水向东流。"字里行间注满了丧国的悲哀与愁绪。南朝陈后主陈叔宝的名篇《玉树后庭花》,"花开花落不长久,落红满地归寂中",均属华丽的辞藻、闲适的生活、莺歌燕舞的宫廷享乐而已,无法与毛泽东抒发革命情志的诗词比肩。更远远不可与毛泽东的诗品、人格与伟大的志向同日而语。

朱老总称毛泽东主席为当代诗词泰斗,文采气概无出其右者。

毛泽东诗词不但言志,而且极具鼓舞性,尤能激励人们斗志:普通人读了,是引导人民前进的旗帜;将士听了,是进军的动员令,冲锋陷阵的号角,攻城略地、英勇杀敌的誓言,夺取胜利的信心。如作于一九三一年春的《渔家傲·反第一次大"围剿"》:"唤起工农千百万,同心干,不周山下红旗乱";《反第二次大"围剿"》:"七百里驱十五日,赣水苍茫闽山碧,横扫千军如卷席";一九三四年夏长征途中吟咏的《清平乐·会昌》:"踏遍青山人未老,风景这边独好";作于一九二八年的《西江月·井冈山》:"黄洋界上炮声隆,报道敌军宵遁";作于一九四九年的《七律·人民解放军占领南京》:"宜将剩勇追穷寇,不可沽名学霸王"等都是激励斗志的誓言。长我军志气,灭敌人威风,字里行间蕴蓄着、积聚着战斗士气。

不仅如此,他的志向与伟大祖国的宏伟建设蓝图也凝聚在诗词中。一九五六年所作《水调歌头·游泳》中的名句"截断巫山云雨,高峡出平湖",五十年后,伟大的预言实现,"长江三峡电站"建成了,造福千秋万代。作于一九六五年的《水调歌头·重上井冈山》,"可上九天揽月,可下五洋捉鳖",而今我国的航天、潜艇技术也已成熟,又是一项伟大预言的实现。

毛泽东的一生常以诗词表达自己的高远理想。柳亚子赞其诗词为"推翻历史三千载,自著雄奇瑰丽词"。爱好赋词的陈毅元帅"诗词大国推盟主"来评价毛泽东诗词的历史地位。

若问毛泽东何以志高存远,"笔落惊风雨,诗成泣鬼神",一句话:诗品、人格所决定的。伟大的精神境界与信仰融于伟大的民族气节,铸就了瑰丽的诗词。

要能臣，也要廉吏

——读《诸葛亮传》的感悟

刘备求贤若渴，经徐庶推荐，遂往见诸葛亮，终于以虔诚感动了这位隐居南阳的卧龙先生。凡三往乃见，史称三顾茅庐。

刘备请教兴复汉室之策。先生胸有成竹，全面翔实地分析了当时的各方形势。回答曰："自董卓以来，豪杰并起，跨州连郡者不可胜数。曹操比于袁绍，则名微而众寡。然操遂能克绍，以弱为强者，非惟天时，抑亦人谋也。今操已拥百万之众，挟天子以令诸侯，此诚不可与争锋。孙权据有江东，已历三世，国险而民附，贤能为之用，此可以为援而不可图也。荆州北据汉、沔，利尽南海，东连吴会，西通巴蜀，此用武之国，而其主不能守，此殆天所以资将军……总揽英雄，思贤如渴，若跨有荆、益，保其岩阻，西和诸戎，南抚夷越，外结好孙权，内修政理；天下有变，则命一上将将荆州之军以向宛、洛，将军身率益州之众出于秦川，百姓孰敢不箪食壶浆，以迎将军者乎？诚如是，则霸业可成，汉室可兴矣。"此为后世盛传的"未出茅庐定三分"，这岂不是能臣吗？

诸葛亮一生可圈可点的兴国大计多多：联吴抗曹，他只身出使东吴，说服孙权，舌战群儒，促使刘备联姻孙尚香；借荆州，南服蛮夷，七擒七纵孟获，要的是孟获的口服心服；六出祁山，这些都显示出诸葛亮的聪明才智无与伦比。

后来，果不其然，刘备建立蜀汉政权。诸葛丞相安抚百姓，遵守礼制，约束官员，对人胸怀坦诚，当时的社会风气号称"路不拾遗，夜不闭户"。

由此可见，诸葛亮不仅是能臣，更是清明廉吏、治世良才。

先生用人之道，礼法相宜。在《前出师表》中，劝谏后主任用贤人："侍中、侍郎郭攸之、费祎、董允等，此皆良实，志虑忠纯，是以先帝简拔以遗陛下……将军向宠,性行淑均,晓畅军事……"文臣、武将悉数能臣。在《后出师表》中自谓"臣鞠躬尽力,死而后已",更表一生忠志之士。直至定军山大势已去,犹能灵魂不死,令司马懿望而逃之。可谓,生报先帝知遇之恩,死孝节忠志之诚。

不仅如此,诸葛亮还洁身自好。《诸葛亮传》记载:"初,亮自表后主曰:'成都有桑八百株,薄田十五顷,子弟衣食,自有余饶。至于臣在外任,无别调度,随身衣食,悉仰于官,不别治生,以长尺寸。若臣死之日,不使内有余帛,外有赢财,以负陛下。'及卒,如其所言。"死后,他的儿孙诸葛瞻、诸葛尚依旧遵从遗嘱,而无不良者。作为一国之相,主握军政要权而家私清贫之至,岂不是廉吏吗?

诸葛亮一生,东连孙吴,北据曹操,内修法度,明政理,深悟治国之道;一生矜持不苟,荐贤任能,知人善任,堪称德才兼备的治世贤臣。诚如武侯祠联所云:诸葛大名垂宇宙,忠臣遗像肃清高。

选贤任能,古今依然,既要能臣治国,又要忠志之士,即今天所谓的德才兼备的能臣廉吏。

笔墨文章一盏茗

《远方的家·北纬30度中国行》
是影视作品的百科全书

　　朋友,你看过中央电视台中文国际频道热播的《远方的家·北纬30度中国行》大型纪录片吗? 如果还没看过,请您别留遗憾,赶快抓紧时间,哪怕抽空也看看,你会大开眼界啊!

　　自开播以来,迄今已经播出四个系列,即边疆行、沿海行、北纬30度中国行、百山百川行,共一百八十九集了,且还在继续拍摄播出。摄制组沿着我国东海岸,从福州开始,沿北纬三十度一路西行,直至西藏与尼泊尔交界,一路风景、一路歌声,山川、地理、风土人情、动植物、饮食文化,尤其是古今沧桑变化……许许多多的见所未见闻所未闻的奇闻轶事,让您不看不觉新,一看放不下,甚至震撼得觉得"相看恨晚"。只要一看就不忍也不肯罢手。说它是寓知识性、趣味性、文艺性、戏剧性的天文地理、话古论今的百科全书一点都不为过。

　　热播几个月来,迷住我没商量,宁可推迟吃饭,即使来客人也得看完再聊,所有的事都往后推迟,首先给这节目让路。偶有一次外出,我也心急火燎地找地方看。曾有几次因急事漏看,我就拜托我的一位网友帮我下载,他一看我也如他一样这么钟情于此节目,干脆每集都下载,特意买了一个100G的U盘保存节目,以待慢慢品味,爱之如此,可谓如获至宝。

　　如果你是一位老者,且爱好旅游,甚至堪称"驴友",又不愿远行,不妨坐在家里,打开电视,随着镜头畅游天下,尽情地欣赏、咀嚼、品味,享受那平生都难得一见的新奇。那不只是眼福、口福,更是知识、智慧与心灵的补给,幸福感油然而生啊! 还不花一文钱,划算极了。也许你会觉得你自己就是现实版的郦道元、徐霞客……优哉游哉!

　　这节目男女老少皆宜,也甭管你从事什么职业,都能从中找到乐趣,悟出内涵,切中心的地吸收营养,吸取正能量。

　　节目中有一句话:爱美丽中国,看远方的家——北纬30度中国行。欲知详情,每天下午五点十分至六点,看中文国际频道,万勿错过。何乐而不为呢? 快快欣赏哟!

笔墨文章一盏茗

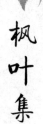

报春信息趣谈

每当春天来到,大自然的万事万物总有报春的信息与方式。直接的、间接的,借助声响的、借助形象与色调的,真是千姿百态,给人们视觉与听觉增添了不尽的新鲜美感。诗人爱寄情山水、花草虫鱼、树木鸟兽,于是有人说,春是诗词家的激情节令,以诗词传递报春信息更是别有一番情趣。

最广为流传的是宋代王安石的《元日》:"首句表明爆竹声中一岁除,春风送暖入屠苏。千门万户曈曈日,总把新桃换旧符。"首句表明,爆竹声是春节到来的信使,然后又写"春风送暖",喝屠苏酒,"新桃换旧符",更是开启春天节令的标志,表达人们的喜庆。短短四句诗,句句报出春的信息,可谓达到报春的极致。

也有用飞雪与梅花报春的,如毛泽东作于一九六一年的《咏梅》,"风雨送春归,飞雪迎春到","飞雪"是迎春的信息;而"已是悬崖百丈冰,犹有花枝俏",这"花"就是映雪傲霜的梅花,此句赞美梅花以俊俏的姿态傲然屹立于严寒冰雪中;"只把春来报",体现出这是别具一格的报春信使。

北宋文学家苏轼的《春江晓景》别开生面地以鸭子戏水的方式报春:"竹外桃花三两枝,春江水暖鸭先知。蒌蒿满地芦芽短,正是河豚欲上时。"作者以桃花、鸭子、芦芽、河豚四种常见的动植物形象,逼真地勾勒出现实生活中春天的景象。鲜明的形象,使人产生具体的视觉感受;生动的语言,吸引读者进入经诗人独特构思而形成的诗画意境,全诗洋溢着一股浓厚且清新、生动的生活气息。

唐代贺知章的《咏柳》:"碧玉妆成一树高,万条垂下绿丝绦。不知细叶谁裁出,二月春风似剪刀。"借咏柳报出春风虽然还寒冷,但柳叶已经绽出,且形象逼真,作者别出心裁,此诗堪称咏物报春的杰作。

也有用报春花(草)、报春鸟传达春天的信息的。如唐代诗人孟浩然的《春晓》:"春眠不觉晓,处处闻啼鸟。夜来风雨声,花落知多少。"以"花草"

"鸟叫",巧妙地报告春天来了。唐代杜牧的《江南春》中的"千里莺啼绿映红,水村山郭酒旗风",唐代白居易的《钱塘湖春行》中的"几处早莺争暖树,谁家新燕啄春泥"即描写树莺报春。唐代王维的《相思》中的"红豆生南国,春来发几枝"也是传递春的信息。至于布谷鸟(子规、杜鹃)声声呼唤,那是告知农耕播种的开始,如宋代王令的《送春》中的"子规夜半犹啼血,不信东风唤不回"。东风就是指春风,多指北方。

放风筝也可报春。清代孔尚任所作风筝诗:"结伴儿童裤褶红,手提线索骂天公。人人夸你春来早,欠我风筝五丈风。"清代郑板桥的《怀潍县》:"纸花如雪满天飞,娇女秋千打四围。五色罗裙风摆动,好将蝴蝶斗春归。"这两首风筝诗,都以人们的生活习俗报知春天来临。郑板桥在《春词》结语中说"不料二月仲春鹿鸣,全不忘平地春雷声响亮"。"鹿鸣""春雷"也是大自然的报春信息。

某年春早,惊蛰时节,笔者在小公园草坪边散步,忽见飞鸟叼虫、树木泛青,不揣冒昧。乃作《报春》二首:

(一)

雪盖冰覆地仍冷,
路边却见泅水痕。
耳边微闻嘶嘶叫,
飞雀叼起一小虫。

(二)

微风初来抚草坪,
蛰伏蚂蚁渐出行。
时人未觉天气暖,
树丫悄悄已泛青。

这都是亲眼见到的景象,也是自我感知春天的到来,故谓之报春。

春是大自然的使者,来得畅快淋漓。唐代岑参的《白雪歌送武判官归京》中的"忽如一夜春风来,千树万树梨花开",宋代叶绍翁的《游园不值》中的"春色满园关不住,一枝红杏出墙来",可谓一笔点出春季之美了。

风霜雨雪、花鸟虫鱼,大自然的信使纷纷报出春的信号、春的色彩、春的风韵、春的诗情画意。

春啊,美丽的代名词,生机勃发的季节。这是希望的寄托,美好的向往。

笔墨文章一盏茗

茶香诗韵更宜人

退休以后,大把大把的时间还给了自己,习惯每天下午小睡醒来,泡上一杯茶,边饮茶边读书看报,也常常邀三两老友品茗,偶尔聊聊诗文。自知虽非文人墨客,但茶与诗相得益彰,尤其那些茶因诗而扬名,诗借茶而流传的精品,着实香韵宜人。

唐代孙淑的小诗《对茶》:"小阁烹香茗,疏帘下玉沟。灯光翻出鼎,钗影倒沉瓯。婢捧消春困,亲尝散暮愁。吟诗因坐久,月转晚妆楼。"反复欣赏诗句,那情趣令你陶醉不能自知,真的妙不可言。

元代刘秉忠的《尝云芝茶》:"铁色皱皮带老霜,含英咀美人诗肠。舌根未得天真味,算观先通圣妙香。海上精华难品第,江南草木属寻常。待将肤腠侵微汗,毛骨生风六月凉。"茶不仅生香,还能生凉。其实我早已有体悟,暑天看似太热,但若饮之通透,汗流浃背,然后通体生凉,汗不再出,浑身舒服,神清气爽。一同品茗的朋友阎老确有同感,他说:"文学(诗)源于生活。作者'含英咀美'感知颇深,言之得当,真乃一绝呀!"

唐代张文规的七绝《湖州贡焙新茶》:"凤辇寻春半醉回,仙娥进水御帘开。牡丹花笑金钿动,传奏吴兴紫笋来"。于是,紫笋茶因宫廷御用,传扬开去,茶因诗而身价倍增。

茶,一经跻身御用行列,恰如"朝为田舍郎,暮登天子堂"。有如风趣调侃诗说个正着:"天子须尝阳羡茶,百草不敢先开花。仁风普照结珠玑,先春抽出黄金芽。摘鲜焙芳旋封裹,至精致好且不奢。至尊之余合王公,何时便到山人家。"看了让人引俊不禁,都说人得势而显贵,其实,茶亦如人,二者何其相似。

张可久的《山斋小集曲》:"玉笛吹老碧桃花,石鼎烹来紫笋茶。山斋看了黄荃画,茶縻香满笆。自然不尚春华,醉李白名千载,富陶朱能几家。"小曲白描如画,言之不谬。

于是有饮茶者感悟云："饮茶如阅人，品茗如品心。心有多少种，茶即多少味。"小小一杯茶也可遍尝人间滋味了。

　　茶还是一种艺术，个中味道，余韵幽香，足够琢磨那个中奥妙了。怡情逸趣，引出多少动人故事。

　　唐昭宗时，户部侍郎陆希声的《茗坡》："二月山家谷雨天，半坡芳茗露华鲜。春醒酒病兼消渴，惜取新芽旋摘煎。"此为言茶的用处。再如晚唐著名诗僧齐已留下三首与茶有关的诗，其中一首《谢中上人寄茶》："春山谷雨前，并手摘芳烟。绿嫩难盈笼，清和易晚天。且招邻院客，试煮落花泉。地远劳相寄，无来又隔年。"《神农本草》记载："久服安心益气……轻身不老。"茶不仅是保健佳品，据说还能医病。

　　书载，乾隆某次下江南，时值中秋，与惠山寺圆空法师共饮赏月，对拳功讨教，着凉了，欲请御医。圆空法师请神医黄，用九龙杯泡片片无锡毛尖，如朵朵莲花，人未近前，则已阵阵浓香扑鼻。乾隆皇帝龙颜大悦，高呼"好茶，好泉"！其声震动山谷，回音在山间不绝于耳。于是，龙体康复。所用之药：黄氏响声散。乾隆连呼："妙药、妙药。"这故事虽有演绎色彩，但足以佐证以茶代药，既能驱寒却病，又能调理神智，或曰调动人的精气神，医疗与保健的功效兼而有之。

　　贤士们常常沏上一壶茶，"伴轻音雅乐，看茶烟聚散，见茶汤嫩绿，香远溢清，茶池盏畔，幽若山林"。这份闲情逸致正好饱尝茶之品、茶之性、茶之韵，尽在茶中。

　　乾隆皇帝到了晚年，嗜茶如命，当八十五岁引退让位于嘉庆时，曾有老臣面呈"国不可一日无君"，乾隆应对"君不可一日无茶"！

　　无独有偶，老舍与溥仪交往甚密，在一次品茶时，老舍问溥仪，当皇上喝的是什么茶。溥仪说："清宫的生活习惯，夏季常饮龙井茶，冬季则多饮普洱茶。"皇帝每年都不放过品尝普洱"头贡茶"的良机，如获"一盏浇诗畅，清风两腋生"的乐趣。

　　毛泽东不仅喜饮茶，还以茶会友。他的《七律·和柳亚子先生》中的"饮茶粤海未能忘，索句渝州叶正黄"，就是最好的证明。

　　那么，茶何以获得古今名士，甚至普通人的青睐呢？

　　请看下列诗作的回答：

笔墨文章一盏茗

《饮茶歌诮崔石使君》云："……此物清高世莫知，世人饮酒多自欺。愁看毕卓瓮间夜，笑向陶潜篱下时。崔侯啜之意不已，狂歌一曲惊人耳。孰知茶道全尔真，唯有丹丘得如此。"

唐代韦应物的《喜园中茶生》："洁性不可污，为饮涤尘烦。此物信灵味，本自出山原。聊因理郡馀，率尔植荒园。喜随众草长，得与幽人言。"

宋代曾巩的，"一杯永日醒双眼，草木英华信有神"，钱起的，"尘心洗尽兴难尽，一树蝉声片影斜"，均因饮茶有所感。

随着科学的发展，茶叶的种类也在不断被开发。近几年广为流行的产自大兴安岭的北芪神茶，以及在新疆天山雪域高原三千米悬崖上采摘的纯天然昆仑雪菊，堪称养生佳品。"巍巍昆仑，万山之祖。冰山奇葩，天地精华。"昆仑雪菊一经问世，便成茶中新宠，尤以养生保健享誉于世。去年，学生送来两盒昆仑雪菊，果然上品。

陆游的《数字茶诗》："一心两叶三泉水，四月清明五采莲，六雨菁，七碗露，八分情谊九巡盏，拾得茶馨满园香。"或许是诗人亲身感悟。

脉脉清莲，悦我心灵。悠悠莲茶，沁我心脾——感受到人生路上的幸福、美满、欢喜……这或许是品茶的经验说。

如果说古代文人雅士品茶赋诗多是附庸风雅，那么今之众人饮茶聊天则是消遣养生，品茗会友，享受精神抚慰。于是，书此茶香诗韵，怡情逸趣，岂不乐哉！

略说修改文章

说实话,教了一辈子语文课,批改了一辈子学生文章。回想起来读师范时,我的老师就曾教导过,修改作文要尊重学生劳动,尽量按原作本意,多就少改,改则精当,点睛画龙。少指责,多鼓励,不说让学生看了摸不着头脑、不知所云的笼统、概念的话语。尤其不能让学生看了批文觉得自己写得不好,也写不好,甚至不敢写了。这些几乎成为我几十年批改作文的信条,终生信守照办。

然而,在工作中仍然还是指出不足的话语多,批改出点睛画龙的文字少之又少。或许已经误人子弟,而自己尚不自觉。

退休以后,见过有的人修改他人习作时,像对待小学生一样,用红笔圈圈画画,这儿应该改,那儿不深刻、不到位……最后究竟怎么改,改什么,笔者却全然不知。说得不客气点儿,一笔糊涂账,让习作者丈二和尚摸不着头脑。如此修改,其实没改。与其说改,还不如说是指责,非但没有启发,反倒打击了习作的积极性。久而久之,再也不敢求其修改了。因为生怕泼一盆冷水,激发感冒喽。

修改,修改。顾名思义,既修又改,修去多余的、不当的,改成妥帖的,恰当的。让习作者一看,耳目一新,受到启发,鼓起勇气,才是修改的目的。如韩辛老师改《千古风范励后人》一文时,恰到好处地补充"割股奉君"实乃"奉国",这一笔,就是画龙点睛之功。让笔者顿开茅塞,悟出修改的本真。实在是修改作品的典范例证。当然这要有功底,也要有功力,更要有责任心。

笔墨文章一盏著

197

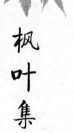

古今都要正能量

正能量,说起来是个新词,其实世代都主张并践行着,没有哪一个时代例外。可以说正能量是文学艺术的千古一脉。无论哪个学科门类,都是最广泛的人民大众的需求。有如刘勰在《文心雕龙·序志》中说"盖《文心》之作也,本乎道,师乎圣,体乎经,酌乎纬……"这是一切文学艺术必须遵循的准则。仅就诗词而言,可见一斑。

我国文学史上最早的诗歌总集《诗经》,尤其十五国风,都是广大民众的民俗、民风、民族的声音。如"硕鼠硕鼠,无食我黍……"今天读起来倍觉内容深刻,仔细玩味,发人深省,仍然不乏现实意义。《伐檀》描写伐木者嘲骂剥削者不劳而食。强烈地反映出当时劳动人民反剥削、反压迫的思想,是劳动人民的呼声。

屈原的《离骚》,后世称骚体文学,既是诗,又称其为"赋"。用鲁迅的话说,"逸响伟辞,卓绝一世"。"日月忽其不淹兮,春与秋其代序。惟草木之零落兮,恐美人之迟暮。不抚壮而弃秽兮,何不改乎此度?乘骐骥以驰骋兮,来吾道夫先路!"作者表达了要使楚国强大就必须推行美政的治国思想;表达了推行美政失败被贬后的不悔之情及继续推行美政的坚定信念;表达了即使没机会再行美政,也宁死不叛楚王的忠贞,这"忠贞"其实就是"忠国",即"爱国"。所以世代都称屈原是爱国主义诗人。

蔡琰的《悲愤诗》是控诉朝廷败落、胡人掳掠的情景,具有史诗的规模和悲剧的色彩。诗人的悲愤,是受难者对悲剧制造者的血泪控诉。字字是血,句句是泪。诗,传递的是"国强,民才有自由生存的权利"。

乐府民歌《木兰诗》是对女儿替父从军的赞颂,《孔雀东南飞》是家喻户晓的描写女性追求自由幸福的长篇叙事诗。

唐代号称诗的时代。浪漫主义诗人的代表——诗仙李白今存诗作九百余首。代表作《蜀道难》,"连峰去天不盈尺,枯松倒挂倚绝壁。飞湍瀑流争喧豗,砯崖转石万壑雷",在渲染蜀道艰难、险峻的同时,塑造出伟大祖国山川壮美的景象,洋溢着激励人们热爱祖国、积极进取的巨大美学力量及向上的精神,并非单纯描写山川。明代李东阳说"阅读千百年,几千万人而莫有异议",是"终日诵之不厌"的诗篇,是语言的艺术魅力,而非口号似的颂歌。这也就是正能量。

诗圣杜甫,号称现实主义代表。他的《茅屋为秋风所破歌》中的"安得广厦千万间,大庇天下寒士俱欢颜",表现出诗人直抒胸臆、推己及人、忧国忧民的博大济世情怀。《三吏》《三别》则鲜明而生动地表现了人民在战乱中的苦难形象和战斗精神。《闻官军收河南河北》中的"剑外忽传收蓟北,初闻泣泪满衣裳。却问妻子愁何在,漫卷诗书喜欲狂",读起来如见其人,如闻其声。这是作者自己,也是广大民众获知平息战乱时的喜悦心情。

白居易曾说"文章合为时而著,歌诗合为事而作"。这就是为时、为事的现实主义的创作理论。据《白氏长庆集》记载,白居易一生创作了三千八百四十多篇作品,极具现实意义和高度的人民性。如《卖炭翁》中的人物形象,《观刈麦》中作者的感悟,"今我何功德?曾不事农桑。吏禄三百石,岁晏有余粮,念此私自愧,尽日不能忘",与作者描写、赞颂的对象互动共鸣,这岂不就是作品的人民性吗?

至于宋代的诗歌,陆游的《示儿》:"死去元知万事空,但悲不见九州同。王师北定中原日,家祭无忘告乃翁。"期盼光复国土,收复失地的遗志跃然于世。《咏梅》中的"零落成泥碾作尘,只有香如故",描写出失意的英雄志士的兀傲形象与精神永立而不改其节的品格。

岳飞的《满江红》、辛弃疾的《永遇乐·京口北固亭怀古》、文天祥的《过零丁洋》等等更是古往今来广大民众,甚至小学生都能背诵的名篇佳作,是汲取力量的源泉。凡此,都是那个时代的正能量典范。

及至"五四运动"以后,毛泽东说:"鲁迅是中国文化革命的主将……鲁迅的方向就是中华民族新文化的方向。"鲁迅的"横眉冷对千夫指,俯首甘为孺子牛",是他一生的写照。他的一千万字著述与《野草》诗集,都是对光明的憧憬与追求。

郭沫若的诗作《女神之再生》,寄托的是对"美的中国"的憧憬。

臧克家的诗《有的人》,"有的人活着,他已经死了;有的人死了,他还活

笔墨文章一盏茗

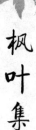

着……"堪为平实又饱含哲理的,赞美与憎恶极其鲜明的诗句。

伟大的领袖、诗词泰斗毛泽东,在一九四二年的《在延安文艺座谈会上的讲话》中明确指出:"歌颂资产阶级光明者其作品未必伟大,刻画资产阶级黑暗者其作品未必渺小,歌颂无产阶级光明者其作品未必不伟大,刻画无产阶级所谓'黑暗'者其作品必定渺小,这难道不是文艺史上的事实吗?"毛泽东的诗词篇篇堪称领航的旗帜,句句是催人奋进的号角。在毛泽东的号召下,涌现出大批的文学艺术作品,尤其是诗词。由此可见,正能量是一脉相承的,古今无一例外。

过个闰月生日的感悟

　　我是阴历四月二十三的生日，又恰好今年闰四月，于是我一年内有了两个生日，再加上阳历四月二十三日，一年就有三个生日可过。孩子们说："难得闰四月，老爸是个乐天派，只要高兴，咱家没说道，没忌讳，就张罗张罗，买上酒菜、蛋糕，乐乐呵呵过呗！"于是我就闹个偏得，别人一年过一个生日，我老兄过它仨。你说过瘾不过瘾？！

　　就在我与遛弯儿老友谈过生日取乐的时候，有一好心老友神神秘秘地劝告我："老弟呀，人生有命，生日有数，万万不可忘乎所以。没听说李自成本来有十八年的天下，可他到了京城，竟然天天过年，一连过了十八个，于是'天数'已尽，结果皇帝梦告吹了。"还有一位说："我女儿要来给我过闰月生日，邻居大娘劝她说，忌讳呀，还是别去了。索性就没敢来。"啊！这好心，让我倒吸一口凉气，冒一身冷汗。可一转念，令我又大笑不止。那李闯王是怎么失败的，历史早有定论，姚雪垠先生也在小说中交代得明明白白，一句话，就是腐败！堪称农民起义失败的典型。怎么把这笔账归结到宿命论上来了呢？

　　回到家里与孩子们一说，姑娘、儿子都说别听那一套，净吓唬人。我顺手找出李淳风的《藏头诗》中武则天称帝的预言，还有《烧饼歌》等推位之说，其实都是文人们故弄玄虚，或一语成谶的巧合。如《录图书》中有"亡秦者胡也"，预言胡亥；元代修有大明殿，结果元亡于明；明代的宫殿名乾清宫，结果明亡于清；据说郁达夫有一句诗"苟活人间再十年"，果不其然，恰好十年后被害，于是就有人说那是符谶，早有定数。其实那是古人惯用的预示方法。就连当代伟人毛泽东的卫戍部队"8341"番号也有不少人做过此类文章。确也多有信众，不乏神乎其神的传播者。有些无聊且别有用心的人，利用人们的迷信心理，以此大做文章，迷惑人心。窃以为，这些骗人的勾当多了，信他做甚？

笔墨文章一盏茗

　　我过我的生日,不图别的,乐和而已。按理说过生日就是儿女们找个尽孝的机会,儿孙绕膝,乐呵呵地吃一顿,我自己也开心开心。管它什么这个那个符谶、偈语,胡说八道,无非都是算命先生、小说家们绞尽脑汁挖掘出来的素材,编造、杜撰误人的故事。过生日哪有那么多说道。照例一年过它仨。哈哈,哈哈!

生日歌

今年闰月四月俩,

四月生日多佳话。

有人误谓有定数,

符谶偈语当锁枷。

古今多少传奇事,

顿开迷惘走英侠。

科学发展破迷信,

别人过一我过仨。

收藏美丽，一天一箩筐

我们身边并不缺少美丽，只要有发现美丽的眼睛，好极了。其实，我们每天都生活在美丽中，我常常睁眼俯拾一箩筐的美丽。

就说二〇一二年十一月二十七日吧。一场雪铺天盖地，小公园淹没在雪野中，环卫工人正忙着清扫出行的通道。为让晨练的老哥们儿、老姐们儿方便，三位平均年龄七十多岁的老人抄起扫雪的工具，说笑间清理出一条二百米长、一米多宽的环形甬道。环卫工人来清扫时说："谢谢大爷们。"老人们却笑笑说："出一身汗也是锻炼，也方便自己。"我从老人的笑脸上读出劳动的美丽与幸福。

上午去小市场买一块豆腐，当我拎起豆腐要走时，卖豆腐的女孩说："大爷慢走，小心路滑。"听了这温馨的嘱咐，我心里热乎乎的，涌起一股暖流，我看到她冻得通红的脸颊绽放出美丽的笑容。

上午十时，电话铃响了："大爷，我知道您家里忙。您告诉我，今年订什么报刊，我先给您开好单子，过几天方便时给您送去。"我听出来这是投递员小于的声音，这甜甜的称呼、热情的服务，传递着美丽的关爱。

下午二时，老友加网友张族珈匆匆赶来，我说大雪天，又这么远，有事打个电话呗。他笑着从兜里掏出一个 U 盘，一边操作一边说："你家里太忙，没法出去旅游，我给你下载了中央电视台录制的《远方的家——北纬 30 度中国行》节目一百集，你可以足不出户便游览欣赏了。"我一时不知说啥，眼睛盯着这位网络达人，看到了关爱、友好，与帮我追求美好与时尚的美丽心灵。

晚上打开电视，正逢《新闻 60 分》节目播出：一位五岁女孩患先天性血管瘤，急需救助；被称为"龙江献血第一人"的大庆油田的郭明义遇到困境，大庆人纷纷伸出援手，几天时间，仅卫生系统就捐款二十三万多元，而且整个大庆人都行动起来了，源源不断地捐助。百姓都表示，要让爱心赢得爱心，让美丽化为美丽。

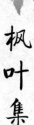

　　每一天我都在美丽的氛围中感动着,我注重搜集这一桩桩、一件件无以计数的,看似平凡却饱含爱心的美丽,当美丽大集合时便会营造出和谐与美好。我在感动之余,加以整理,分门别类,记在了我的日记里,起个名字叫"美丽花篮"。装着诸如:微笑美丽、扶老携幼美丽、夕阳美丽(歌美、舞美、书法美、绘画美、摄影美)、助残与帮弱美丽、奉献美丽、语言美丽、礼貌美丽……收而藏之,一篮一篮的美丽。

母爱的经典语言

——献给母亲节的话

有许多格言也是哲言,听了感动,久久难忘。

但丁说:"世界上有一种最美丽的声音,那便是母亲的呼唤。"母亲,是寂寞孤单时温暖的依赖,是忧伤彷徨时踏实的臂弯,是喜悦快乐时分享的朋友,是流浪飘荡时停泊的港湾。

世界上最无偿的爱——母爱;

世界上最美的歌声——妈妈的摇篮曲;

世界上最珍贵也是最廉价的美食——母亲的乳汁;

世界上最不怕你脏的人——母亲(小时候擦屎把尿,有时还要贴近鼻子闻一闻,看一看,唯恐有什么问题);

世界上最担心你的人——母亲(顶在头上怕吓着,含在嘴里怕化了);

世界上最惦记你,牵挂你一生的人——母亲。

笔墨文章一盏茗

205

扫地启示录

从小养成个习惯，每天早起的第一件事就是拿起笤帚扫地，扫院子，至今几十年，不管当年住平房，还是现在住楼房，一如既往。这或许是七八岁时读私塾，我的一位塾师杨先生教的。记得那时念《朱子治家格言》，开篇就是"黎明即起，洒扫庭除，要内外整洁"。所以至今记得很牢实。当时塾师就说："人人都要天天扫地，天天洗脸。"记得妈妈送我上学时，当着塾师说："要听老师的话，不听尽管打。"于是这记忆就定格似的刻在脑子里，一生都认认真真地扫地。

这家里地面不大，仅仅几十平方米有余。有时觉得还干净，可一扫呢，就发现看似干净，也有一层灰尘、头发，有时还有果皮、水污、汤汁痕迹，甚至不知是怎么带进来的污垢。真是不扫还自以为干净，一扫才发现看似表面干净，细细一看还有不少细碎的杂尘。真应了那句俚语：一天不扫一层灰，天不扫垃圾堆。

其实，仔细想想，凡事依然，人依然。人的心地，尤其如此。尽管"人之初，性本善"，但家庭、社会，以及来自方方面面的形色色的影响，物质的、意识的，有形的、无形的，也会玷污心灵。如今习近平总书记提出的"照镜子，洗洗澡"，与毛泽东主席的"批评与自我批评""思想革命"都是一个道理。如能自己知道干净最好，如若自己没觉得，那就不妨借助外力，帮助帮助，"对照镜子照一照，拿起扫帚扫一扫"。诚如毛泽东所说，"扫帚不到，灰尘照例不会跑掉"。倘若污垢过多，怕的是积重难返，悔之晚矣，史上被"糖衣炮弹"击中的先例比比皆是。所以还是要防微杜渐，哪怕人前"红红脸，出出汗"，总比病入膏肓要好。及早地清理清理，预防预防，以免养痈成患。

说到这儿，脑子里忽然记起《扁鹊见蔡桓公》的故事。不妨一读。

扁鹊曰："君有疾在腠（còu）理，不治将恐深"。桓侯曰："寡人无疾。"扁鹊出，桓侯曰："医之好（hào）治不病以为功。"居十日，扁鹊复见，曰："君之病在肌肤,不治将益深。"桓侯不应(yìng)。扁鹊出,桓侯又不悦。居十日,扁鹊复见,曰:"君之病在肠胃,不治将益深。"桓侯又不应。扁鹊出,桓侯又不悦。居十日,扁鹊望桓侯而还(xuán)走。桓侯故使人问之,扁鹊曰:"疾在腠理,汤(tàng)熨(wèi)之所及也;在肌肤,针石之所及也;在肠胃,火齐(jì)之所及也;在骨髓(suǐ),司命之所属,无奈何也。今在骨髓,臣是以无请也。"亦即到了无可救药的地步了。如今读来,岂不令人深思吗?

诸君亦当"吾日三省",万勿讳疾忌医,切切勿忘前车之鉴。但愿智者思之,忖之,慎之,戒之!

笔墨文章一盏茗

我的读书多在翻翻

从小与书打交道，一辈子都在读书。但却自觉一辈子没有认真地读过书。说老实话，上学时要完成作业，不读不行。教书时，不读，怎么备课教课。那时是用啥学啥，急用先学，用什么就翻阅什么。所以，我所谓读书，其实只是拿起书来，翻翻找找，寻寻觅觅，一鳞半爪，攫取资料，应付急用。从来没有仔仔细细、认认真真、踏踏实实详读、细读，或者读出个为什么。更谈不上做学问了。说来惭愧。

迄今想来，或叫反省。"少小不努力，老大徒伤悲"，这话于我而言恰如其分。所以，有人看我现在还读书、写点文字，夸我在做学问，听了这话，我都难过得无地自容。像是在心底撞击一锤子。自己知道，这不过是对几十年虚度光阴的一个补偿，填补点心灵的亏空。现在读书，纯系"老而好学，如秉烛之明"而已。与其说这也是学习，倒不如说是"补漏"更准确。为什么这么说呢？因为过去本该学会的知识没学会，没记住，没掌握，而今老了，看什么都是新鲜的。连同小时候学过的蒙学丛书，也就不得不再读读、翻翻。又因为精力不堪了，没办法，一旦用到时还得查找查找。这就是"书到用时方恨少"吧。生怕一不小心，用错了，岂不贻笑大方吗？

这辈子就这么个稀里糊涂读书法，简直就是虚度年华。如今已是"后悔迟了"。

我自己后悔，也由衷地奉劝那些正在读书的年轻人，从小读书，认真读书，别等老大不小，肠子悔青了也无济于事，"充电"都来不及。人们常说如有来世，真希望再重读一回。

一句话，从小读，认真读，踏踏实实、规规矩矩地仔细阅读。相信一定会读出"黄金屋、颜如玉、千钟粟"。宋真宗赵恒说得有道理，治学，书是阶梯。搞科学，书中自有积累的数据。不读不学，怎么能凭空登高呢？文学、数学、物理、化学，哪怕天体物理、量子力学、建筑学，农、林……无一不是古今传承的。

　　读读读,读古今中外的经典,读出时代的沿革,读出社会的发展,读出人类的进步、科学的创新,读出人生的乐趣,一切尽在书中,读读读! 活到老,学到老,老而弥坚。

二〇一五年十一月五日十七时五十三分

笔墨文章一盏茗

209

人的一生，什么是属于自己的？

这个问题可能有多种回答。

我的三舅，堪称老道、世故，在他人眼里有能力，有威信，有为数不少的家业。他常说，人这辈子老婆孩子是自己的，房子、地是自己的，这是私有财产。这话代表了普通老百姓的观念。

皇帝，如溥仪，从小就背诵：普天之下莫非王土，率土之滨莫非王臣。天下是我的，什么都是我的。结果呢？请看他写的《我的后半生》。

记得《射雕英雄传》中有一句郭靖问成吉思汗的话："大汗，您征服了那么多地方，那您到底需要多大的地方？"大汗想了想，回答说："最后就需要一米宽、二米长的地方。"这也许是作者在剧中安排的一个包袱。不过说明征服者终于道出内心的真实想法。

但历史严肃地证明了一个无可辩驳的事实：老百姓的所谓孩子、老婆、房子、地是自己的，能成立吗？俗谓生带不来，死带不去。这几乎是用不着回答的问题。

历朝历代皇帝，秦皇汉武、唐宗宋祖……一切风光属他人。用毛泽东的话说就是"俱往矣"。

那么究竟什么才是属于自己的呢？用老年学、健康学学者洪韶光的话说，健康是"1"，其他都是"0"。有了"1"，什么金钱（票子）、房子、车子都有，也属于自己。"1"一旦没了，所有的都是"0"。所以健康第一，承载生命的身体是自己的。

还有知识和技能、本领是属于自己的。谁也拿不走，抢不去，甚至剥夺不了。记得四十年前报载：某大型钢铁企业忽然停电，数百台电机不转了，停产，损失巨大。工人、技术人员几天找不到原因，干着急，又没办法。无可奈何时，有人举荐一位退休技术员，仔细查看后，用粉笔在一台电机上画了一道杠。工人拆开电机一看，果然一个线圈断了。立即修复，当即旋转，开工生产。后来厂子给老人两千元钱,当作酬谢。于是,不少人发问,他就用粉笔画了一道杠,怎么就值那么多钱? 连报纸也展开讨论。您说知识、技能应当值多少钱? 到底是不是自己的?

也是三十几年前,某罐头厂设备停止运转,几天也没修好。厂长、技术员都没办法了,干着急。正巧县统战部组织一批劳改犯来参观。厂里一位聪明的小伙子偷偷地对厂长说,听说劳改犯中有些是高人,有技术,可不可以让他们给看看,说不定有能人呢。厂长虽然不信,但寻思反正人都来了,何不来个顺水推舟,索性让技术员跟领队说一说,万一碰巧有高手呢。谁料,一位五十多岁的犯人略略一试,马上就找到毛病,几下就修好了。技术员还没来得及问咋回事,人家已经走了。您说这技术是不是自己的?

可见,人,只有两件东西是自己的,一是健康,即身体;二是知识与技术,抑或能力。

那么,您爱惜自己的身体了吗? 您认真学习,珍惜学到的知识、技能了吗?

马年说马

　　公元二〇一四年，为农历甲午年，马年。马年伊始，自然该说说马。中华民族上下几千年一向与马有缘，马与人相伴相生，密不可分。由古及今，人们驭马，耕地、拉车、骑射、狩猎、征战……从来没有离开过马的帮助。马，堪称人的朋友，也是人类的功臣。

　　马，六畜之首，性格温顺驯良，任劳任怨。马从来不吃脏食，不喝脏水。拉车奔走出的是血汗，为救主人，宁愿涉险。马跳檀溪，思旧归国；老马识途，可歌可赞。炎黄子孙，具有龙马精神。

　　《吕氏春秋·仲夏纪第五》："螳螂生，鵙始鸣，反舌无声。天子居明堂太庙，乘朱辂，驾赤骝，载赤旗，衣朱衣，服赤玉，食菽与鸡。其器高以觕，养壮狡。"高诱注，"螳蜋，一曰天马"。天马即神马。何以见得呢？君不见元代刘子钟的《萨天锡诗集序》："其所以神化而超出于众表者，殆犹天马行空而步骤不凡，神蛟混海，而隐现莫测，威风仪廷而光彩蹁跹，莫不耸观而快睹也。"即所谓马之神异的历代传说。

　　那么，何为天马行空呢？天马行空，意指天神之马奋起升腾，来往疾行于天空。比喻思想行为无拘无束，亦可形容文笔超逸流畅。语出清代昭连的《啸亭杂录·山舟书法》："惟公兼数人之长，出入苏米，笔力纵横，浑如天马行空。"

　　相传汉武帝时期，在西域大宛有一匹野马，人称天马。那匹马四肢健壮，腿脚灵敏，因此没人可以抓住它。后来有精明人在山脚下放了一匹五彩马，不久它与天马配对生出了很多小马。据说这种马出的是赭石色的汗，汗色如血，马蹄踏在石头上就可以形成深深的坑。不久，这个消息传到中原的汉中，汉武帝听说后十分高兴，便派使者通过丝绸之路送去百匹绸缎，以求换得一匹小马。可是西域人认为这马万万不能换。于是，就将使者赶了回来（或为杀死，其说不一）。汉武帝一怒之下，下令派兵攻打西域，终于得到了一匹小马,果如其言。人们也将天马称作西极天马,或谓出自乌孙,故也称乌孙马,或大宛汗血马,亦称乌孙西极。而今之新疆伊犁地区产良马,传说是大宛马良种,人们也称之为千里马,即韩愈所著文《杂说四·马说》之日行千里者。

由于人们对马的情有独钟,爱之深切,历代故事家便编织了许多马的传说,且怪异之谈犹多。东晋干宝的《搜神记》卷十三:"秦时筑城于武周塞内,以备胡。城将成,而崩者数焉。有马驰走,周旋反复,父老异之。因依马迹以筑城,城乃不崩。遂名马邑。其故城今在朔州。"北魏郦道元著《水经注·沔水》:"(中庐)县故城南,有水出西山。山有石穴出马,谓之马穴山。汉时,有数百匹马出其中,马形小,似巴滇马。三国时,陆逊攻襄阳于此穴,又得马数十匹,送建业。蜀使至,有家在滇池者,认识其马毛色,云其父所乘,马对之流涕。"又据《三国志·魏志·东夷传》注引《魏略》云:"乌孙长老言:北丁灵国,即今之北海,有人面,膝下生毛,马蹄,兽走。日行三百里。"或旧小说称之飞毛腿,抑或水浒之似戴忠也……总之愈异愈说,愈说愈奇,世人演绎而成者多矣。

不独国人传言,外国人则传之尤甚。在希腊神话中:珀尔修斯杀死了戈耳工美杜莎后,从美杜莎颈腔喷出的血中跳出了一匹飞马珀伽索斯。这匹长着翅膀的神马飞到了天上,后来它降落到赫利孔山上,在那里创造了灵泉,这泉成为诸多诗人的灵感之源。雅典娜驯服了这匹马,把它赠给柏勒洛丰,让他骑着这匹马旅行。在一次旅行中,飞马将柏勒洛丰甩下摔死,独自继续飞行,最后到达天界,成为一个星座——即今之飞马座。

于是,史学家、诗词家、小说家、文人雅士借故创造了马的绮丽美名、马的成语典故、马的诗话、马的传说……历代传诵。马的代称和别名很多。如"飞黄",就是马,如果在讲马的成语中用上"飞黄腾达"便觉动感顿现。

飞黄,是传说中周穆王巡视天下所乘八骏之一,但在《穆天子传》中,天子之骏却是以下八种:赤骥、盗骊、白义、逾轮、山子、渠黄、华骝和绿耳。明代徐渭的《赠陈君》诗云,"王良御八骏,技绝物有神",可见这八个名字都可以指代马。秦始皇也有七匹名马,依次为追风、白兔、蹑景、追电、飞翮、铜爵、晨凫,也都是马的代称。

除了八骏还有九逸,那是汉文帝的马。据《西京杂记》记载:"汉文帝有

213

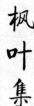

良马九匹……一名浮云,一名赤电,一名绝君,一名逸骠,一名紫燕骝,一名绿螭骢,一名龙子,一名麟驹,一名绝尘,号称九逸。"这九个名字也都代指马。

另如三国名将吕布乘坐的"赤兔",张飞的"玉追",唐玄宗的"玉花骢",宋仁宗的"玉逍遥",唐魏王李继岌的爱马"八百哥""雪面娘""衔蝉奴"等。苏轼笔下的"红妆照日光流渊,楼下玉螭吐清寒"(出自《韩干牧马图》),"汉家将军一丈佛,诏赐天池八尺龙"(出自《闻洮西捷报》),这"玉螭""八尺龙"均指马。

有关马的成语备受人们喜欢,如马到成功、万马奔腾、千军万马、塞翁失马、青梅竹马……不胜枚举。在多种典籍中有数百条为人们常用。

有关马的诗句:"萧萧马鸣,悠悠旆旌"(出自《诗经·小雅·车攻》),"乘骐骥以驰骋兮,来吾道夫先路"(出自《楚辞·离骚》),"老骥伏枥,志在千里"(出自《步出夏门行》),"蹀足绊中愤,摇头枥上嘶"(出自《白马篇》),"天马本来东,嘶惊御史骢"(唐代李峤),"暂系腾黄马,仙人上彩楼"(出自《马诗》),"马上相逢无纸笔,凭君传语报平安"(出自《逢入京使》),"葡萄美酒夜光杯,欲饮琵琶马上催"(出自《凉州词》)……名词佳句,世代吟诵,千古不衰。笔者读着读着,情不自禁,难怪:历代名家吟马诗,反复雕琢醉欲痴。

君不见"神六飞船"吗,有趣儿的是翟志刚、刘伯明、景海鹏三名航天员都是一九六六年出生,都属马,于是有人敏感地悟出,古人说的"天马行空,独往独来",而今已成"三马"行空。不知是冥冥中的注定,还是天赐的巧合,抑或航天决策者的有意之为。不管怎么说,炎黄子孙的三匹"大马"横空出世,步入太空,那经典的瞬间定格为中华民族的时代象征。

历史的车轮风驰电掣,科技的创新日新月异。时代早已不再是骑马射猎,车不用马拉,地也不再用马犁,而是被机械化取而代之了。当年的神马一跃飞天,回复造物主,它已完成历史使命。唯龙马精神鼓舞着炎黄子孙追风逐梦继续奋进,实现中华民族的伟大复兴。

母亲为我铺就读书路

我一九三六年出生,七个月时父亲病故,家里贫困交加。母亲带着我们八个孩子,依靠拾荒、给人做针线活糊口。幸亏母亲的兄弟,我的舅舅们鼎力支持,给粮、送柴,帮两个十几岁的哥哥找活干维持生计。度日艰难,可想而知。

尽管如此,母亲还是想方设法地让我们读书。母亲虽然没读过"子孙虽愚,诗书不可不读"的圣训,却认准了一个死理儿:读书才是孩子们的出路。

尤其是对我这个年龄最小,自小体弱多病,发育不好,弃而复活(曾被扔掉又捡回来)的弱者格外偏爱。因此,我七岁进了自己屯子的私塾,开始读书。两三个月后,不知为什么学堂被关闭了,私塾先生被遣返回辽宁了。

母亲又送我去东原街分校,其实是官学,日本人管理,学日语、满语,大约两个月,学校合并,归街里完小。完小交的学费多,又得穿日本人规定的统一的服装,实在拿不起钱,只得回家放猪、割柴火。

转过年,母亲再次把我与哥哥(比我大五岁)送去一个远方舅舅(母亲的表弟)朱先生家读书,先生说可怜老姐姐,咱们是亲戚,不用送米、送柴。我与哥哥读书之余帮舅舅、舅妈干家务活。可是日子不长,土地革命刚一开始,因为先生是旧社会区划所的小跑,用现在的话说就是办事员,抓过劳工,收过荷粮,还抽大烟,被抓去了,我与哥哥只得又回家了。

后来,母亲听大表哥说,城郭李先生开学馆了,离表哥家很近,中午在他家吃饭,不用跑得很远。没料到,三四个月后,听说李先生被检举是伪满残余,不许他开学馆。这是第四次辍学了。

每次都反反复复没读几天,母亲却求了许多人情。

后来,母亲说:"你已经认字了,就看小书(《百家姓》《三字经》《唱本》)吧。"于是,我就边放猪、割柴火边看书,直到一九四七年家乡解放,农民会成立了自己的学校,我终于上了小学。

215

枫
叶
集

正值土改,分田地、打土豪的激烈时候。学生都加入儿童团,站岗放哨、查路条(那时松花江南岸是国统区,江北是解放区即八路军管辖,隔江相望,严加防范)。读书的时间不多,每天都拿着红缨枪到各个屯子路口站岗,抓特务。有时候也参加斗争会,分战利品。那时候初小四年级毕业。

一九五〇年春天,到县城读五年级,叫作高小。这时候学校天天正规上课了。

家里十几口人,日子很困难,为补贴家用,母亲有时随大表哥的胶轮车去长春、沈阳卖黄烟、买估衣,回来出小摊。尽管忙碌、劳累,母亲仍旧惦记着我的学习,还顺便给我买回来三件宝:花书兜、铜墨盒、镀锌笔架,煞是精致、美观。母亲说,是一个有钱人家的读书人,抽大烟、打吗啡,家道败落,拿出来换钱的。母亲的良苦用心,我铭刻在心,终生难忘。是母亲对我的希望激励、鼓舞着我,我有什么理由不努力学习呢?

一九五二年,我考取了初中。二哥非常累,每天起早贪黑地干活。妈妈对我说:"你年龄也大了,你也得帮着干活了。"我也力争不吃闲饭。初中三年,我是平时帮哥哥做豆腐,每晚放学还要挑两大缸水,共十挑。全屯二十几户人家用一口水井,在屯子西头,一挑水往返正好一里路,如果赶上挑水人多,还得排号。一年四季都不停地挑水,赶上年节,尤其是春节前,更是加班做豆腐,就不只是十挑水,有时还要求人帮忙。每天早起烧火、过豆腐包、揭干豆腐。上学时背着豆腐卖,中午放学蹲市场再卖。为此,同学给我起了个外号:上庙不烧香——"干逗佛"。暑假还要到地里看瓜、摘瓜、卖瓜。

一九五五年初中毕业,本应回家帮助哥哥种地,做豆腐维持生计,妈妈看我体力不佳,坚持让我再考学校,为我的将来做打算。于是,我考取了阿城师范学校。万没料到,这三年里,我两次大病。一九五六年得了结核性胸膜炎,一九五七年得了结核性腹膜炎,肚子胀得像扣上个铜盆。几经四姑帮助救治,捡回一条命。休学三个多月,先后半年没上学。老师劝我退学,母亲说不退,越是有病,越是得读书,不然就没有生存的出路。终于挨到寒假,我的同学尹清范每天不避风雪严寒,往返四五里路,到家里给我补课。开学后补考勉强合格。坚持到毕业。之后又考入哈尔滨师专。我深知这都是母亲一直坚持的结果。

母亲是一个普普通通的典型的封建社会的家庭妇女,她没读过书,没有

"三迁教子"的传奇,也没有"画荻教子"的经历,贫寒度日,不改初衷地认准"读书才有出路"的死理儿,为我谋划生计,真是难为她老人家了。这就是我纯朴高尚的母亲。

求学路上,母亲为我筹学费、治病,与哥嫂们没少操劳。直到我参加工作,母亲也还在为我操心,直至终老。

一九八二年十二月二十五日,母亲一觉不醒,无病而终,享年八十九岁。我竟没能陪在母亲身边,没能送母亲一程,遗憾终生。实在是不孝之至了。

迄今,母亲已经离世三十三个年头了,而我空有怀念,却无法报答。母亲节到了,谨以此文献给天堂里的母亲。愿母亲在天之灵安息。

笔墨文章一盏茗

我经历的第一次

五岁时去长春姑妈家,耳听吹打弹唱,就是看不见人,到处找也找不到。大人说在洋戏匣子里,我就是不信,哭闹着要看人。无奈,姑妈只好带我买糖去。留下终生的记忆。

记忆中,六岁时,即一九四二年,妈妈带我去九台串门儿,第一次吃大米饭,险些被日本兵发现,吓得我号啕大哭,很长一些日子还是害怕。

八岁,一九四四年末或一九四五年初,日本投降前,一天天亮前,突然一声巨响,肇源县城被八路军攻破。第一次听到炮响,听大人说来了八路军,用炸药包把城门炸开了,日本鬼子逃跑了。

十岁,一九四六年,第一次走进农民会创办的解放小学。老师在黑板上写下"共产党万岁"。

也是十岁,第一次当上儿童团团员,扛起红缨枪,站岗放哨、查路条,唱"东方红,太阳升"。

十一岁,一九四七年,儿童团也参加土改,分战利品——第一次穿上据说是地主少爷的马甲。农会会长说:"感谢共产党。"

十二岁,一九四八年,第一次穿妈妈用草灰染布做的八路军式的二棉袄,特别兴奋。

十五岁,一九五〇年,进县城读高小,第一次看见打篮球、鼓乐队、演话剧,觉得新鲜,开眼界。

十七岁,一九五二年,考上初中,第一次上试验课,做物理、化学、生物实验,看着老师演示发动机、化学试剂、人体骨骼模型、地球仪等,感到新奇。

十八岁,一九五三年,第一次看电影《春风吹到诺敏河上》。因为人多,礼堂小,我班同学都在银幕后面看。

十九岁,一九五五年,考入中师,第一次到外地读书,吃上大面包,参观大糖厂,游览大山、阿什河、金人遗址——白城子,还有相传金兀术的点将台,我们几人还登上去装模作样地点点将。

二十岁,一九五六年春,农业合作化运动开始了。同年,我第一次参加大批判。

二十一岁,一九五七年,整风运动开始。第一次看见大字报。

二十二岁,一九五八年夏,放假回家,家家吃食堂,第一次听说共产主义。寒假回家,家里除了自己穿的衣服、家具、锅碗瓢盆,都归公了。

二十二岁,一九五八年秋,考入哈尔滨师专,第一次体验高校生活。

二十二岁,一九五八年,在轰轰烈烈的全民大炼钢铁运动中,第一次参加炼焦炭,马家沟畔,大干三个月。

二十三岁,一九五九年,开展批判"文艺黑线"运动,批丁玲、陈企霞……批老师、同学,第一次目睹了同事之间、同学之间、师生之间致命地攻击。

二十四岁,一九六〇年七月,从哈尔滨师专毕业,分配工作,第一次走入教育战线——茂兴中学,开始了以忠诚党的教育事业为己任的育人之路。

二十五岁,一九六一年,经历了三年自然灾害。

二十七岁,一九六三年,经孙谦、李佩华介绍与张秀芹完婚。

二十七岁,一九六三年,"反右倾"开始了,第一次体会到世态炎凉及斗争的残酷。

二十九岁,一九六五年,经老同学、老同事帮助,终于调回县城。

笔墨文章一盏茗

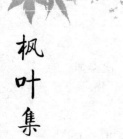

儿时的小吃

前两年，女儿去北京回来，给我带来一兜儿北京果脯。前些天孙女出差，也买回来北京果脯。她们都说是孝敬我的。别说，打开一看，还是单独小包装的，足有二十几样品种，什么苹果脯、鸭梨糕、海棠干、杏干、冰糖葫芦、雪糖葫芦(干制)、小紫薯、年年糕、驴打滚、云片糕、京味小麻花，小巧不及手指肚大……别提多精美了。

分给孩子们品尝，七岁的重外孙却摆手不要，孙女说："我出差常常买，他都吃够了，现在不吃甜食了。"是啊，现在的小孩子想吃啥就买啥，要啥就有啥，真是有福气啊！

这令我想起小的时候，也曾有过所谓小吃，虽然那味道远不及北京果脯，甚至卖相寒酸，却也至今难忘。

那是怎样的小吃呢？听母亲说，我七个月时，父亲病故。母亲带着八个孩子，饭都吃不上，依靠捡粮食、打零工、做针线活及两个十二三岁的哥哥扛活当"半拉子"艰难度日，勉强活命。哪里还敢想什么小吃呢？因为我是最小的，母亲总有些偏爱，常常给我一点特殊待遇。哥姐都出去捡粮、割柴、打猪草……唯独给我一点锅巴。每当跑出去和小伙伴玩，嘴里嚼着，又酥又脆，那叫一个香啊。哥哥说妈妈偏向我。

再就是出去放猪、放毛驴时与小伙伴偷苞米、青黄豆豆夹，点干柴烧熟，待火熄灭，用青蒿、小麻籽一捂，一会儿工夫，香味就出来了。几个人围在一起，胡乱抢着吃，各个嘴巴黢黑，两手像老鸹爪子，往草上一戳，就算洗手了。

不过也有开荤的时候，就是在水边抓几只青蛙，二嘎子手狠，把青蛙腿一撕，在火上一燎，半生不熟，大家争抢着，各分一个。谁要独占，大家就一使眼色，将其摁倒在地，不由分说，抢下来，塞进嘴里一口吞下，然后哈哈大笑，快活地跑开了。

记得冬天也有小吃。那就是炒爆米花，别说，搓儿穗干棒子粒，想吃爆米花,就用沙子大点火一块炒,崩的满灶台、满地都是,白花花的,用筛子一筛,或簸箕一簸。要吃哑巴(不爆花),小火慢焖,又酥,又脆,又香。哥儿几个围着火盆吃一顿,吃渴了,喝一瓢凉水。高高兴兴,心满意足睡大觉。

赶上年节,小表哥九思找我去家里跟他玩。他家种地,一大家子二十几口人,每逢过年时淘一石黄米,包一大囤子豆包,他带我一边遛雪雀,一边吃冻豆包。

三表嫂是个嘻嘻哈哈,爱闹笑话的人。她有个习惯,啃冻豆包。大门牙、大嘴,啃起来很快。有一次,要跟我们几个小孩比赛,看谁啃得快,那冻得硬硬的、冰凉的大豆包,咬也咬不动,她却一口气啃了三个,得了第一。她罚我们帮她清理猪圈、抱柴火。现在想想,那便是一次有趣的游戏了。

说起来,我还真有个独门小吃,那就是每逢有个头疼脑热,妈妈心疼我,在饭勺子里抹一点麻油,摊一个鸡蛋,伸到灶膛里用火一燎,黄澄澄、香喷喷。记得总共吃过那么三五回吧。妈妈为了哄我,给自己的"创作"起个名,说那叫"火勺鸡蛋"。七十多年过去了,一想起来,还似乎口有余香。这应该就是我小时候吃的最最香的名小吃了。

可是我很满足,因为我的玩伴满仓,父亲管得狠,吃土豆不许扒皮,吃黄瓜不准扔瓜蒂,说能治病。记得十一岁那年,快过春节了,门口来个货郎卖麻花,他不认识,管那叫"瓜拧劲子"。想起来,那或许是时代的悲哀吧!

这就是我的童年记忆,在日本侵略者蹂躏下的东北,八年抗战时期的小孩子的小吃。

笔墨文章一盏茗

221

且喜当年喝米油

昨天，一老友来电话交流养生，说起熬粥时有一部分精华叫米油。我一愣，就问啥叫米油，他笑着说："就是熬完粥时，稍微晾一晾，然后在米汤上面凝结一层亮晶晶的粥皮，这是从米粒浸出来的油脂凝固而成的。"哎呀，原来如此，偏偏叫什么米油？

他说问过医生，解释得很好，确实是米油，且有养颜、养眼、助消化、润肠胃等功效。

这让我想起小时候几乎是喝粥长大的，那时家里粮食不足，经常煮粥，什么玉米面粥、小米粥、高粱米粥、大楂子粥……开锅后稍稍晾一晾，就有一层薄薄的粥皮。姐姐们不知听谁说的，吃粥皮的人没皮没脸，不肯吃，而我则专喜欢吃粥皮那个筋道的劲儿，于是常常是一顿饭吃了三四个人碗里的粥皮。真没想到，八十岁了方才知道那原来是米油。真是歪打正着，竟然吃了那么多精华。怪不得老来反倒把年轻时的疾病都吓跑了呢？哈哈，也许是米油功不可没也未可知啊！

还记得读书时帮哥哥做豆腐、熬豆浆，上面总是浮有一层黄黄的膜，油光闪亮。用竹竿或秫秸一卷一大张，在阳光下晾干，能卖到干豆腐价钱的十倍。那是凉拌菜的上乘主料，远比今天超市买的腐竹好得多。偶尔也蘸点盐花，三口两口吃上一张，那叫一个香啊！但哥哥过日子忒精细，自己不舍得吃，也不让家人吃，他说攒起来，一斤能卖一板豆腐的钱。

传说有一个后娘，经常把一锅米汤皮都撇出来给前妻的孩子吃，自己的孩子吃干粥，一两年后吃米汤皮的孩子又胖又脸色红润，喝干粥的孩子却憔悴干瘦。她自己纳闷，去请教一个道士，答曰："善哉。"他不理解这是啥意思。有知情人告诉她，善哉，就是心地善良，不欺心，做好事。于是她以为自己良心不好，受到神佛的惩处了，再也不敢虐待前妻的孩子了。殊不知，她恰恰是把精华即米油都给前妻的孩子了。

经老友这一提醒,仔细一想,大豆、玉米、花生、芝麻、菜籽……植物里都不同程度地含油,粥皮即米油也是顺理成章的了。如此看来,古有孙思邈,今有洪韶光等养生专家,都主张喝粥养生,确实是有道理的。

笔墨文章一盏茗

种地遭遇飞机轰炸

一九四六年,我的家乡郭尔罗斯后旗(今肇源县)解放了,农民都分到了土地。一江之隔的郭尔罗斯前旗(今松原油田)还有国民党盘踞着,常常派飞机过江轰炸。

春天,妈妈带着我与哥哥种地,正刨坑,点种,浇水,干得热热闹闹的,冷不丁地听见飞机声,抬头一看,就在头顶上盘旋。妈妈说:"快趴在地垄沟里,别动,把镐头压在身下。"一阵噼里啪啦扫射后,飞机飞走了。

我到花轱辘车跟前一看,一堆子弹头,还有子弹壳。车铺板被打穿好几个窟窿。

正不知道飞机打车干什么呢,这时挨着我家种地的邻居刘大叔过来一看说:"你没看这两个车辕子冲上支着,还都包裹着白铁皮,锃亮锃亮的,飞机上一看直反光,敌人以为是支着大炮筒子呢。要么咋对这车扫射呢。"啊,原来如此。

后来,妈妈说:"幸亏毛驴放到草甸子去了。"

自制响雷　气杀房东

一九四六年,八路军解放肇源县城,战斗激烈。第二天天一亮就没有枪声了。我与邻居玩伴满仓去城墙上玩儿,看见一堆堆的黄色子弹壳,我俩一人捡一兜子,乐颠颠地回家了。怕妈妈看见,藏在鸡架后边。春节快到了,没钱买鞭炮,满仓说自己做呗。我向打猎的老叔要了一些火药,把子弹壳下端侧面锥一个小眼,捻一个火药捻子插进去,然后装进半下子火药,用黄泥塞住子弹壳的口,一会就冻结实了。除夕晚上接神生火,家家放鞭炮,我与哥哥把自制的子弹壳鞭炮放在大门口的旧板凳上,拿一根点着的香,偷偷地点着了捻子,然后躲到大门后看着。就听轰隆一声巨响,一道火线飞出去,板凳飞到院墙外的大坑里。我们的自制鞭炮比什么"二踢脚""麻雷子"的响声、威力都大得多。我正高兴地哈哈大笑,房东老头气呼呼地说:"板凳崩稀碎了,你整的啥玩意? 崩着人咋办?"喊声惊动了在屋里煮饺子的妈妈,出来打了我两巴掌,平息了房东老人的气。这个恶作剧至今记忆犹新。

我的绰号"干逗佛"

　　说来久远了，一九五〇至一九五五年读小学、初中时，因家境贫寒，哥哥做豆腐贴补家用。每天起早贪黑，辛苦极了。妈妈看着心疼，让我每天早晨上学时顺便背着一包干豆腐，上课前在学校附近的小市场卖一会儿，到时间再去上课，中午下课再卖一会儿，这样既没耽误上学，又卖了豆腐，帮助家里干活了。

　　时间长了，班里有个同学知道了。他平日里淘气，爱开别人玩笑，他像发现了新大陆一样兴奋，在班级里喊着说："上庙不烧香，谁知道是啥意思？"当即把大家弄糊涂了，各个不知咋回事。于是他一本正经地说："'干逗佛'。"逗得同学哈哈大笑。他接着又说："这是猜谜语，你们知道吗？"然后他鬼鬼祟祟地说："就在咱班里。"于是，满屋同学拍巴掌乐作一团，悟出了谜底。我的名字没人再叫了，一见面就戏谑地说："上庙不烧香来了。"也有的人干脆叫我"干逗佛"。我也哭笑不得，气也不是，恼也不是，无可奈何！

　　老师也听到了，晨会上严肃地说："不许拿别人开心、耍笑，不礼貌。不要再给人起外号了，不许再叫了。"

　　背地里，我听到几位老师议论："某某都淘出花来了。"这话，不知是批评他不礼貌，还是赞美他的聪明，抑或也当作笑料而已？我的绰号还是叫开了。十几年后，偶尔遇到班里一位同学，还是问我："现在还'干逗佛'吗？"然后，相视笑了一阵子。

　　今天想起来，真逗啊！也许那就是小孩子们的天真无忌吧。

我的婚礼看点也堪说

那是一九六二年放寒假的那天(腊月十八),因为只身在外,身边没有家人,几位同事帮我操办婚事。正值国家遭遇三年自然灾害的困难时期。要吗没吗,幸好他们"才华"出众,硬是琢磨出几个看点:新房小,布置巧,典礼免俗祝福好。

新房忒"高级",贵在小,是租的一家厨房偏厦(北方人为冬季取暖节省,在厨房一角隔开的小格子),四五平方米的面积,搭有一铺小炕,挤挤巴巴地能容纳两人。屋里地上正好面对面站两个人,靠墙放一对木箱,这是唯一惹眼的摆设。

一位同事说,新房讲究的是一个新字。怎么新? 他从学校拿来一些旧报纸,弄点细细的玉米面糨糊,把土墙壁糊上一层,然后哈哈大笑,有人问他笑啥,回答:"老夫子'闺房',四壁皆文章。"这话让大家都说有创意,我也备感欣慰。受他的启发,自题一副书中成联:室雅何须大,花香不在多。于文源一看,灵感迸发,于是突发奇想,写了一个横幅:我看你好。几位同事鼓掌喝彩,说这四个字蕴含爱的色彩,这叫绝妙好辞。五十年过去了,自觉贫陋却不失文化风韵的新房,小却品位浓浓。

家具嘛,就更简单了。凭结婚证到供销社购买。一个小铁锅、一个脸盆、一条毛巾、两双筷子、两个饭碗、两把汤勺、两个小盘子、一个锅铲、一把铁勺、一个小水缸。一位同事通过熟人买到一对香皂盒、一块香皂作为贺礼,因为那也是紧缺物资。

母亲让人送来她亲手做的两床被子、两床褥子,尽管是用旧布拼接的里子,但被面是新的,已经很不易了。三嫂从长春邮来两块丝质格布,就算高档礼物了。唯一贵重的是四哥送给我的一对画有油画的紫底儿木箱。

这便是全部结婚家当。一位同事逗趣说,这叫新夫妻档结婚模式。简洁至上啊! 说得轻巧,听着不知是酸还是苦涩,抑或无奈!

笔墨文章一盏茗

　　娘家送亲的有十余人，坐一挂胶轮大车。婚礼是在学校食堂举行，约二十人参加，给毛主席像敬一个礼，念完结婚证书，然后就开饭了。领导说这叫仪式从简，新事新办。

　　管理员杨兆路设法买到两条鲤鱼，从农牧收购站匀来二斤猪肉，白菜、土豆都是食堂的，好在几位师傅厨艺高超。两张桌，每桌四碟小凉拌菜，六盘热菜，其中的红焖鲤鱼就是高档菜了。喝的是民间小作坊烧制的一元糠麸白酒。

　　我的远房姐夫于振江举起酒杯调侃说："六个菜好，好就好在六六大顺，将来的日子一定过得顺顺利利，加上小菜正好十个，就叫十全十美。高粱米饭就预示着日子节节升高，红红火火。生孩子一定是红高粱一样健壮挺立。"娘家客人顺势说："顺顺利利、十全十美，太好了。"

　　那是困难年代，五十多年过去了，往事历历在目。如今，我们几经风雨迎来彩虹，那些吉祥的祝愿句句都应验了。

吃一碗"飞锅旗"

"文革"时期,领导派我与县宣传部的李同志去二百多里外的古龙公社河南小学,给红孩子毛泽东思想宣传队写稿。

正值伏天,大雨连绵,道路泥泞,汽车不通了。任务又急,只好绕道,先去肇东,然后乘火车到安达,再转道去新肇。从新肇到古龙四十五里路,没有火车,汽车也不通,只得用步量了。我俩背着雨衣、雨伞和写作用的资料出发了。走了二十多里,到了乌拉尔基(俗名小庙子屯)附近,忽然风雨大作,天地相连,不辨东南西北,水流成河,寸步难行。前不着村,后不着店。我俩只好就地蹲下,互相抱住,用脚死死地蹬住路基,生怕被冲入沟里。大约半小时过去,雨渐渐小了,道路也慢慢显露出来。因为全身湿透,也不再怕雨浇了,雨伞也不用打了,就顶着小雨缓慢前进。好在是沙土路。李同志开玩笑说:"大雨不泥泞,真是好条件。"又顶着雨走了四个半小时,天已擦黑,总算到了古龙公社。公社党委徐书记听说两位县里的同志被浇得浑身发抖,告诉食堂给做"飞锅旗"吃,再沏一壶热茶喝。别说,还真管用,大约一小时吧,慢慢暖和过来。

我也是第一次吃"飞锅旗",这名字听起来很新鲜,究竟是哪三个字,当时也没问,至今也说不准。俗称猫耳朵,真的很形象。传说是驿站给驿夫御寒的食品,也是招待贵客的上好食品。原来这是很高的礼遇!

其实也很好做。把面和得稍硬一点儿,擀成薄片,切成菱形。然后用手指一捻,或用筷子头一卷一捏,做成一个一头尖的半弧形的猫耳朵状。放到沸水里煮熟,盛到放少许猪油和白糖的盆里一拌,香甜可口,油滑不腻。听当地人说,冬天吃上一碗,既抗寒又不易饿,是驿夫传统饭食中的上好佳品。

笔墨文章一盏茗

居住转运录

　　记得一九六三年结婚时租住的偏厦反四五平方米。小炕仅铺了两床被,屋里地上转身肩碰肩。几个月后又搬迁,但房东老人大小便都在炕上解决,无奈又重找一个小偏厦,夏天漏雨,冬日透风。小孩冻得脚已肿,老婆守着火盆直打战。

　　一九六五年秋转回县城,与母亲同住一座小马架子房。因为烟囱影响邻居,必须借钱更换,但因无力偿还二百八十元,只能重新租房。幸亏好心表哥发慈悲,让我们住进一铺炕的东厢房。俗话说,有钱不住东厢房,冬不暖来夏不凉。而我,无以选择,还受尽白眼。恰如我的同学调侃说:"王二姐住寒窑了。"几经辗转,于一九七六年冬经同事帮助,花四百元买了一间"拉合辫子"房。因年久失修,又逢连雨天,应了旧话"屋漏偏遭连夜雨",哗哗漏个不停。情急之下,我把小园里一口破锅扣在漏洞处。虽解燃眉之急,未料却犯了大忌。雨停了,邻居看见说:"过日子怎么能锅底朝天呢,这犯忌讳。"过路人也用手指着议论说:"穷到底了。"一时间竟成了街坊四邻的笑料。

　　记得我的学生小明说:"这房应该拍个照片作为将来的回忆。"还劝我写一篇《新陋室铭》。

　　直至一九八二年十月,因工作调转来到大庆乙烯。当时的领导给我分配了三室一厅的教师楼,可谓一步登天。记得第二年春天,当年的老邻居高某来串门,感慨地说:"老话讲三穷三富过到老,老哥调转、搬家,转运了。"我心想,这不就是大庆开发得好,改革开放的结果吗?

　　后来,又两次更换新房,由当初的"土马架子"变成了楼房,由四平方米到今天的八十多平方米,由仅能容身变成三室一厅、两厨一卫、两个阳台的新居。你说这岂不是天壤之别吗!这"运"岂不就是在党领导下的社会主义的亨通大运吗?

我的"宝马"

说是"宝马",那是老友们戏称。其实就是我的约四十岁的 26 型坤车。何以称其"宝马"呢？说起它来,也算是我的"老朋友"了。一是服务于我家三代人,孙女上学、侄子上班,功劳苦劳多得是。二是为我代步出行,健身服务,又是十几年与我陪伴,很有点感情。三是它具备健身、购物运输兼拐杖功能,一车多用。不仅如此,还是我娱乐及与老友互助的好帮手。

我多年的习惯是一年四季,三季骑车。这不,一经冰雪消融,路况转好,我赶快给它搞搞卫生,清洁尊容,乔装打扮一番,然后请"医生""体检维护",轻装上路,一展英姿。

自从玩球、跑步渐渐乏力,我的晨练必修课,除了散步,就是骑上"宝马"绕几圈,遛上三五里,自觉手脚灵活协调,四肢舒展,浑身自如。难怪有人感悟说,骑车就是黄金有氧运动,更何况我骑的是"宝马"呢？

我是家里外头一肩挑。每天去早市买菜,它就是运输的工具,不仅自己用,随行的老友们一边走着,一边聊天,随手把果菜放在车筐里,有时一两个人,也有时三五人一并同行,我的"宝马"就会满载而归。一路说说笑笑,不知不觉到站了,一点不觉得累。大家说还是"宝马"利用率高啊！

尤其秋天购买蔬菜多,我的"宝马"几乎天天伴着笑声满载而归。偶有路上碰上哪位拎不动了,我就一并承载,送货上门。这"宝马"既乐得服务,又给予我与老友们一路闲聊的乐趣。

去年,一次身体乏力,路上又没熟人,它便是我的拐杖。回家说及此事,女儿问怎么回来的,我说手扶"宝马"一路平安。

由于经常骑行,我的身体活动多,动作仍灵活自如。平时挪动六七十斤的东西,扛一袋米、面上二三楼,气不长出,心跳也不会加快。这或许都归功于骑行吧。

有朋友逗趣说:"你这'宝马'真是宝贝。"

二〇一四年元旦第一页日记

　　凌晨起来,雪花飞舞,天地浑圆,一派洁白。便觉这是难得的好景致。一如往常,穿衣、刷牙、洗脸、打扫卫生。约莫时间已到,拎起垃圾兜匆匆走出楼门。

　　雪后的空气格外清新,自觉神清气爽。来到楼间小公园,怎么？往日,遛弯儿的老友殷、骆二位都比我早,心喜二〇一四年的第一天总算拔了个头筹,我且喜且走。走了三五圈了,还不见人来,路灯也没熄,我有点纳闷,心里嘀咕:这是咋了？过年了,路灯也多亮一会,或许是人性化的关照。可是过年过得人都不积极了？正在这时,过来两位清扫工人,见面就说:"新年好,大爷,来得这么早啊!""不早不早。"一边回答一边心里琢磨,今天这是怎么了。忽然感觉有点不对,对着路灯一看手表,哎呀,遛了十多圈儿了,才五点半啊!

　　其实,每天相约六点三十分遛弯儿,我没看表,硬是提前一个半小时。我边走边笑,笑自己急三火四的脾气还没变,笑自己把灯光映雪当天亮,笑自己以为老友睡懒觉,笑自己兀自荒唐太可笑,笑自己二〇一四年第一天起早遛弯儿太超前。灯光雪地当白昼,忽而囧出一身汗!

　　这时,已走了约一个小时,囧出一身汗,也走出一身汗。不等老友们了,心想先回家,再看一遍习近平主席的新年献词,作为二〇一四年的新开端,岂不更好。进门对着镜子一看,哈哈!仙女散花撒满身,白胡蹀躞一雪人。谁说老来无趣事,圣诞仙翁下凡尘。于是,打开电脑,赶快敲打。唯恐这灵感转瞬即逝了。

　　　　　　　　　　　　　　二〇一四年一月一日早六时三十分

八十岁生日答谢词

女士们、先生们,各位亲朋好友,大家好!

苑枫今天健步迈进八十岁门槛,踏上人生旅途的一个幸运驿站。我首先感谢的是父母给了我生命,母亲给我铺就了人生路。我生逢乱世,感谢共产党拯救了这个国家,有国才有家。今天又逢富国富民、强国强军的伟大时代,生活安逸,我才能邀请大家共享寿诞。

我国古代有一种说法:六十岁花甲子,活埋。我已经超越二十个年头了。还有一说:人生七十古来稀,我也已越过十年。记得一九五一年普查人口时,我国人口平均年龄三十五岁,而今天的流行语:八十岁才是小弟弟。我现在可谓"80后"的小弟弟。

区区小老百姓,与其说过生日,还不如说找个理由乐和乐和!请大家来同我一起一乐,这就叫独乐乐,不如众乐乐。

在座的有家人、朋友、同事、邻居、学生,有的来自数百里外,有的放下繁忙的工作,有的停业一天,有的扔下家务或集体活动,专程来陪我一乐,令我十分感动。我自觉在座的每位都是我幸福指数的密码,健康加油的助推器,振奋精神的仙丹妙药。这份情谊我领了,我向诸位鞠躬致谢了!

今天为我生日添彩的还有一个因素:特邀请了一位小小的小朋友,那就是与我同一天过生日,今天刚满一周岁的忘年小友刘奕歧。我荣幸地沾沾小朋友的稚气、灵气、神气,给我留下这美好瞬间的记忆。这一老一少一起过个生日是我这个"80后"的运气。

我今天要特意说明的是,我要用自己的形式,按照自己的意愿、自己的主张过自己的生日。这就是邀请诸位,也就是说请客了。请客的意思是一律免谈礼物。请不要误会,咱平凡草根一族,深知自己既没有官职,也不是大款,没有豪宅、香车,换句话说就是享受生活,享受乐趣,绝不是玩什么移风易俗的概念,更没有"致君尧舜上,再使风俗淳"的胸怀,但可以按照自己

的想法行事。

有人说旧习俗总是要改的。我想说,什么是礼? 大家前来与我共乐,就是最好、最佳、最上乘的大礼。我要的是情谊,情谊是无价的,也是无限的,常言道"君子之交淡如水,也要有始终"。

窃以为,诸位来了,一乐,比什么都好。今天只求与大家共乐,千万别因为旧俗冲淡了乐趣。敬请诸位成全我。我诚谢了。

大家难得一聚,喝几杯小酒,吃点小菜,乐和乐和,唠唠嗑,交流交流,就当消遣了。感谢诸位给我这么个机会。

吟几句小诗,祝乐:

欣喜八十身犹健,迎来诸位一乐之。人生难得高朋坐,举杯共祝寿诞时。

七十岁生日我说了四句话:人道七十称古稀,八十耋年再相聚。耄老之时还康健,期颐寿诞犹望之。这四句话,今天实现了第二句。倘若如愿,耄老、期颐之年,必当再与诸位相聚共饮。

二○一四年十二月,我填词一首,就算自嘲吧。发表在《老年日报·翰墨书韵》:

行香子——休闲篇

日日消遣,

年年休闲。

谢苍天,赐我耄年。

万般世事,

都不相干,

任由好玩。

好府邸,

好居安。

时日变迁,

月缺又圆。

乾坤转,更替轮换。

国运昌隆,

尽享泰然，

知晓千秋。

岂非易，

岂非难。

　　蒙学丛书说："相逢不饮空归去，洞口桃花也笑人。"何妨"会须一饮三百杯"。

　　诸位举杯，我先敬大家一杯：身体好、精神旺，合家欢乐享永年。

二〇一五年农历四月二十三

笔墨文章一盏茗

235

喂"糟牛"——表哥的口头禅

随着岁月的流逝,时代的变迁,许多往事都渐渐地忘却了。然而这句听起来不雅的喂"糟牛"的话,至今还抹不掉,且偶尔浮现在记忆的屏幕上,也就顺手记录下来了。

我的大表哥是旧社会的菜农,依靠种房前房后的两亩水园子养活一家老小。日复一日,年复一年地种菜、卖菜。在八月飞雪的北方,一般的农民都是种一茬庄稼,可用心经营又勤快的表哥却能种三茬甚至五茬。旧社会不懂扣大棚,他却想出一个挖暖窖的办法。无论外面瑞雪纷飞,还是春寒料峭,他的暖窖里总是绿茸茸的一池子一池子的小白菜、小萝卜、韭菜和芹菜等,一茬接一茬地割了卖,卖了再种。尤其春节前后,别人都猫冬了,他却用棉被裹着一包一包的青菜,一个饭店一个饭店地送,也总能卖上个好价钱。因此,一家人的生活虽说不上富裕,可总是吃穿不愁。渐渐地,十里八村都知道安老爹是个种菜的好把式。

大表哥一年一年地种菜、卖菜,总是早早晚晚跑市场。他的菜因为上市又早又好,在市场上也总是很惹眼的,那些管市场的小官吏们,也常常到他的菜担子前说一句:"安老爹发财了。"起初听了只是笑一笑,交上当天的市场管理费也就算了,时间一长了,憨厚的表哥似乎察觉到这句话的个中意思。看着左右摊床卖菜人的脸上挂着一丝不自然的笑意,他也明白了一些,于是也学着别人,悄悄地把用草绳捆好的小菜塞进管市场的人的背篓里。表哥说,每次都心里跳得厉害,似乎给人家东西是偷东西,直到挑着担子回到家心里才踏实了。用他的话说,这叫"上贡"了。

尽管一再"上贡",管理人员的胃口仍不满足,时不时地就一天收两次管理费。表哥很纳闷儿,已经"上贡"了,怎么还多收钱呢?后来,还是一个久蹲市场的好心人看出了门道儿,就悄悄地对表哥耳语:"安老爹,你太不开窍了,一天收两次钱啥意思,你不明白?"看表哥发愣的样子,只好开门见山地说:"明天我给你牵个线,请一桌饭吧。"表哥压根没吃过饭店,可也没有主意,只得照办,于是请五个人吃了一顿,花了一担菜的钱。没想到,立竿见影,第二天卖菜时,管理人员见面就笑了,这让表哥很开心,因为表哥好久没有看见他们的笑脸了。而且他们主动说:"今天菜少,明天一块儿交吧。"表哥怎么也没想到,吃饭喝酒竟然这么管用,远比偷偷塞一捆菜好多了。后来,表哥听别人说:烟卷一立,说话和气。酒盅一端,啥事都好办。表哥得了这个真传之后,如获至宝,每隔半个月或一个月就请一回。他说这比一天交两次管理费节省多了。甚至有时三两天也不收费了,反倒省钱了。这让只知道种菜、卖菜的表哥长了不少见识。他觉得,原本在他面前装腔作势的家伙,其实还不值一筐青菜、一壶酒的钱,他开始琢磨那个世道了。

时间长了,表哥觉得这些人就像"糟牛"一样,喂上酒糟,醉醺醺的、迷迷糊糊的,就不叫唤了,也不顶人了。

有时看见表哥卖完菜挑着空菜担子回来,很有些胜利而归的样子。我偶尔问表哥:"今天生意好吗?"他总是笑一笑说:"'糟牛'喂饱了,今天卖得真不错呀!"从此,喂"糟牛"就成了表哥的口头禅了。

看三哥最后一面

我的三哥苑广文于二〇一四年十一月二十八日,农历十月初七,十三时四十五分病逝了,享年八十六岁。

那是二〇一四年十一月十七日下午,接到一个电话,自报长春苑小飞,排行老四,即三哥的四儿子。因为从未见过面,连人都不认识,偶然来电,想必有了大事。果不其然,说他父亲,我的三哥患肝癌,住院了。大夫告知晚期,说没有治疗价值了,且随时都有危险,命悬一线,危在旦夕。他母亲说老一辈只能告知我了。听了头脑发涨,兄弟一场,手足之情,况我兄弟姊妹八人,迄今只剩三哥、四哥与我。病不饶人,时间不等人,岂有不去之理。当晚与孩子们商量速去探望。儿女担心我的身体支撑不住,经不起折腾,决定由儿子陪我去。

十八日孙女从网上购买了车票,十九日早六点二十分从家出发,打车去大庆西站。坐了六个多小时火车,到达长春已是下午二点四十分。小飞拿一张纸,写上我的名字,早已在二号出站口等候了。看三哥心切,不由多说,直奔医院。

再也不是十五年前(一九九九年)来大庆我家时的三哥的模样了,躺在病床上,埋针,点药,面容憔悴,几天就瘦了三十余斤。虽头脑清醒,能说话,但已经有气无力了。心里一阵酸楚,禁不住泪流满面,聊了病情后安慰几句,情不自禁地说起小时候的事儿了。

三哥年轻时就聪明,记得我在《晚风集》中有过记载。那时他住在城里大哥家,念满洲国(日伪)优级校,很少回屯子的家,我与三哥见面的机会很少。唠嗑时,三哥想起他小时候最要好的同学郭伟才、洪万福、王凤岐、张绍才……我告诉他,前几天听说张绍才还在,其他人都已不在了。

我还想起那时打柴火,屯邻刘"二哈子"二舅夸他说:"苑广文真能干活儿,年轻人谁也比不上。"我也记得三哥打"山捆草",堆好高好长的一大垛,一垛有一万余捆。刨树根,树根很大,要刨二三尺深,有的一个人都拿不动,要两个人抬。拉回来一大车,堆在大门外大柴火垛边,屯子人当一道风景,路过时都羡慕地说:"这柴火真硬实,抗烧。"经风吹日晒一冬天,风干了,然后再用洋镐劈成小块,烧火做饭,尤其煮大楂子粥用,特别抗烧。屯里二十几户人家,都夸三哥这活儿干得又巧又实在。我们哥俩说着,三哥脸上透出一丝笑意。我也觉得哥俩从来没这么亲近地唠过嗑儿。孩子们,尤其是他的儿媳也专注地听故事。

还记得妈妈讲过三哥参军的事。妈妈说那是一九四六年,八路军解放肇源,屯里成立农民会,要招兵,我家兄弟多,指名要二哥去参军。当时二哥是全家的主要劳动力,七口人都等他干活挣钱吃饭,他要去了,谁种地,生活恐怕就没有着落了。尤其是二哥太苦了,一天书没念,不识字,长得个子矮,去了就得拎枪杆,当大兵,去前线打仗,危险大。妈妈思量再三,于是去找农民会会长说:"反正我家去一个人当兵,我三儿子十七岁了,身体好,个头又高,又念过书,就让他去顶替老二吧。"会长一想可也是,谁去都一样完成招兵任务,于是就答应了。

换军装时,穿上灰棉袄,三哥显得精神,又机灵。送到县里接管时,当时的教育科科长需要一个通信员,自己去挑,在众多的新兵中一眼就看中了三哥。问:"你识字吗?"三哥答:"识字。""会写吗?"答:"会写。"当场让他抄写一段文字。三哥从小写字快,也熟练,于是当即被选中当通信员了。三哥一天也没训练过,没拿过枪,没打过仗。几个月后,三哥又被县委书记相中了,要去给他当通信员。其实这一切都在母亲的意料之中。事实果不其然,几个月后,军队为培养人才,送三哥去北安军校学习了。

再后来,三哥又转到齐齐哈尔的洮南转业荣复军人学校。在我模糊的记忆中,妈妈去过几次,那时三哥已经结婚。若干年后又转到长春,当时的吉林省民政厅,再后来又转到省粮食局,直至退休。

按说三哥当兵的安排是对的,于家、于他都算作妥善的。三哥的人生路也很顺畅。这是母亲的远见啊。倘若母亲灵魂在天,也一定会欣慰的。

因为我那时年龄小,许多事都不记得了。三哥参军后我们兄弟见面的机会也很少。记得大约是一九五二年,三哥第一次带三嫂回家。那时我家住沟子刘屯,我在肇源一完小读六年级,二哥开豆腐坊。听说三哥要带媳妇

笔墨文章一盏茗

回家，妈妈与全家人都像筹备庆典一样，准备吃的。二嫂淘大黄米，做豆包，在我的记忆中，那次的豆包做得最好，金黄金黄，筋筋道道的，比平时过年节都像样。还宰小鸡。那样子是有啥都要拿出来，以表欢迎之情。后来，一九五六年我在阿城师范读书，因病去长春，在三哥家住了一宿。再以后就是一九六〇年去广州疗养回来，顺便到三哥家见了三哥一面。平时几乎不通信，不见面。

三哥参军后的数十年中，一九五二年回一次家，第二次是一九九八年，我也闻讯从大庆回去见面，一同给母亲上坟，或许那是唯一一次，也是最后一次上坟。一九九九年，三哥与三嫂来大庆我家一趟，住了约五天吧，我很感动，打车陪哥嫂在大庆萨尔图区、东风区溜达一圈，看看市容市貌，参观铁人展览馆，三哥赞颂铁人精神、大庆精神。没想到十五年了，这次却是在医院病床上，以病危探视的形式见面的，悲哉，痛哉！

病危时看一眼，见个面，唠唠嗑，尽了一份兄弟之谊，了却了遗憾。然而我因两宿一天没睡着觉，感觉像是脑血栓发病了，身体不适，唯恐严重，给家里带来更大的麻烦，临行前去医院看一看，又赶上三哥睡着了，那是一个病人难得的一点点睡意，我不忍叫醒，便悄悄地，不舍地，也是理智地含泪匆匆返回。当时儿子说，我原打算待几天，陪几天，却这样走了，人家会怎么想。我说怎么想都不重要，如果我真的病在那儿，那不是添乱吗，那才是大麻烦。心里想着一句话，"大行不顾细谨，大礼不辞小让"。只有顾全大局了，想不通慢慢就通了，一时不理解，渐渐就理解了。

我心里明白，这是最后的诀别！果然，时隔七天，即二十八日噩耗传来。人生啊，"逝者长已矣，生者如斯夫"。

人生如戏。无论你是怎样的角色，主角还是配角，也不管你表演得怎么精彩，都是要谢幕的。王孙公侯、平头百姓的归宿概莫能外。出生与死亡的规律是一样的。

人生演绎的无非就是悲欢离合四个字。想通了吧，悲者何以悲，欢者何以欢。悲有多久，欢有几时。合或许是暂时的，离才是必然，在哲人眼里这都是寻常的一幕。痛苦与迷惘、悲伤与绝望过后，人还是要生存，如夕阳西下，明晨还要旭日临窗。

我深知，人生圆满是相对的，不圆满才是绝对的。这或许就是人生的哲理吧。如三嫂所说的，孩子们都有孝心，伺候、陪伴、护理、送行都做得到位，应该就叫作圆满了。三哥的在天之灵也应该欣慰了吧！

　　而今，我唯有安慰三嫂注意身体，祝福三哥一路走好，灵魂安息。

　　　　　　二〇一四年十一月二十九日十六时二十一分

笔墨文章一盏茗

关于同学聚会的遐想

记得还是二〇一四年深秋的一天，听小明的歌，与小明在线聊天，谈及好多人多年不见，不知道都怎么样了。那是第一次听他说想要张罗同学聚会。心里一动，似乎脑海里泛起那岁月的痕迹。不晓得是期待，还是向往，抑或思绪的飞扬，觉得一幅幅画面一次次撞击心房，浮现眼前，似真似幻。那是记忆的重现。

几次聊这个话题，我以为或许只是一个奢望……

毕竟四十六个年头了，天各一方，有的难觅去向。时间一去催人老，每个人都是什么样？当年的童颜是否刻上几条皱纹，两只摆来摆去的辫子，该不是鬓发飞霜？

我有多少回一幕一幕像过电影似的，有曹顺兰的歌声，有张银燕的舞蹈，有雷国良的雄辩，也有从沈园的惊险，尤其是几次辩论会的场面……

一九六九年二月的一天，我走进了五七中学。当时的教务主任刘智信带我走进那个只有两名学生的教室——二年一班，他无奈地说："这就是你的班级。"又对两名学生说："苑老师就是班主任。"他似乎觉得没法再说啥了，转身走了。我对着两名学生是讲课，还是不讲？我有点尴尬。正在困惑、为难时，又进来两位，当时我就想，三人成众，已经四位了，还是履行教师职责吧！更何况这是第一次进课堂。至于讲的什么课文，迄今全然没有一丝记忆了。

第一堂课只有四个学生，是谁，也已经记不清了，只记得都是男同学，人数虽少，是他们给我捧场，没有抬身就走，没有冷场。第二堂课约十个人，后来二十、三十递增，尽管偶尔出出进进，那是时代的原因，想起来也算是教育生涯的一篇花絮。

直到九大召开，全校集合，没人通知，班级却几乎全员到齐了。走向街头，高呼口号，近乎狂欢。最活跃的是刘凤士，他在大喇叭里通告游行路线，率领全校走在最前。我一下子知道什么叫凝聚力了。而后的日子,班级活动多了,参与宣传队的人数多了,互相转告听课的人也多了,这便是起色。

我与你们虽然仅仅相处一年,然而,你们却是我几十年教育生涯中教过的十几个班级中记忆最牢的,故事最多的,印象最深刻的。

还记得带你们去燎原大队的英歌窝棚屯支农吗? 排着大队,扛着锄头,唱着歌,风卷残云似的铲地,一片又一片地一扫而过,一头晌儿铲九垧多地,那叫热火朝天。就在换一块地时,经过一片芦苇塘后,一点人数,遭了,竟然少了两名女同学。当时我的汗都吓出来了。两名二十几岁的女学生丢了,这还了得。于是组成一个一个小组,几个人一伙,在芦苇荡里拉网过筛子,进行地毯式的搜索。带工的小队长也懵了,他赶快骑马绕着经过的地方找,还是没有,只看见芦苇塘边上有一个放马的人,一问,说没看见。这时已经是中午,快速回生产队看看,如果再没有,就要全队查找或报告学校了。

回去一进门,一位做饭的女社员看我着急的样子,说:“赶快出来吧,看老师都急成啥样了。”两人躲在厨房大缸后边藏猫猫呢。结果是她们和大家走散了,按原路回到队里,见同学没回来,真的孩子气,没承想快把老师吓死了。看见她俩我不担心了,却气坏了,好在人没丢。这次有惊无险的经历,一想起来都后怕。不仅仅是责任,重要的是人身安全啊!

也是那次从沈园夜里突然头疼,怎么办? 队里没有大夫,回城里吧,约二十五里地。生产队长说:“有个看地的老头会扎针,但他出身地主,一旦扎坏,非同小可。”这时小园疼得不得了。无可奈何,逼得我没有其他选择,壮着胆子恳求队长,找来那个约六十岁的老人,他百般解释说不敢。于是我当着队长,还有班里的两名同学的面向他保证,救命要紧,出事我担责。好说歹说,他才从怀里掏出一根银针,在头部扎一下,挤出一点点血,的确黑紫色,手到病除。他说这叫蚰蜒翻,一定要及时治疗,不然一会儿人就不行了。我千恩万谢,掏出仅有的两元钱给他。他不敢要,他说队长、老师做证,说我救人了就行了。天亮了,队里派一台车把从沈园和一位拉肚子的同学(记不得是谁)送回家了。

往事历历在目,至于辩论会、送王洪生、家访……真的似乎就在昨天。

惊回首,两鬓苍苍。几多趣事,几多惊险,几多不周,几多误会……往事如烟。

笔墨文章一盏茗

　　酸甜苦辣,嬉笑怒颜,都已去了,看今天苍颜一笑,还叹几人远去,几人不见。

　　珍惜这次机会,难得相聚。不管咋说,人生有缘,世界人口约七十亿,中国有十三亿六千万,我们几十人能成为师生、朋友,这就是天赐的机缘。珍惜吧,何等的幸运啊! 还有什么比这更让人放不下的呢? 如果有人问什么是幸福,我坦言,与你们相识、相聚就是幸福。因为幸福就在眼前,人们却往往视而不见;幸福触手可得,却往往失之交臂。同学们,幸福,不在天上,不在地下,也不遥远,它就在你身边。一句话:珍惜当下,幸福无限美满。

　　　　作于二〇一五年四月十日早六时十七分,修改于六月十二日

病后余生倍珍惜

生命是可贵的,遭遇病魔后的余生更是可贵的,因而也就倍加珍惜。我的一生曾经三次大病,而又奇迹般地活了过来,我觉得这是赚取的生命,你说是不是应该庆幸呢?

听母亲生前一遍一遍地说,我出生后就是个病包。从小抽风,眼斜嘴歪,头囟呼扇呼扇地裂开有两个手指宽,哭声怪异,邻里们听起来像是"爹死、爹死"。迷信的人说这孩子"妨爹",不吉利,留着也是祸害,又眼看着要没气了,屯里的二舅妈便把我扔到沙岗子上,然后去街里了。约莫两袋烟的工夫,她回来时,听见小孩的哭叫声,心想,怎么还没死,狗也没吃? 于是,好奇地去看看。她吓了一跳,我没死,两条小腿还在蹬。她平时信鬼神,心想,把活孩子给扔了,将来要遭报应的,顺手又抱了回来。她还把邻居家死了的小孩儿吃剩下的药拿来给我灌上,未料,第二天真就活过来了。距今算起来已经七十八个年头了,您说,我的命不是捡的吗? 这劫后余生,死去活来,难道不该倍加珍惜吗?

一九五六年在阿城师范读书,突然觉得胸疼,肋骨肿胀,校医给的药都不管用。一位好心同学劝我去医院,大夫说:"这是胸膜炎积水,而且右侧胸脯已经高出二厘米,说明积液渗出。耽误不得,火速到大医院就诊。"在学校领导的关照下,班主任张治国老师派两名同学护送我去长春就医。大夫确诊为:结核性胸膜炎,肋间脓肿渗出严重,必须用青霉素、链霉素。当时,药难买,又没钱,只好用中西药结合的方法。于是,母亲与两位哥哥求亲靠友筹钱,四姑煎汤熬药,历经四十二天,终于从死神手里夺回来一条命。我的同学说,大病不死,必有后福。这距今又是五十七个年头,贱躯硬命,怎么能不珍惜呢?

一九五七年夏,粮食紧张,学校常常吃小豆、小麦,苞米也带皮煮。我身体本就很弱,又得了结核性腹膜炎。腹部鼓胀,有如女人临产,不几天就胀

笔墨文章一盏茗

245

得像扣上一个脸盆,连走路都动弹不得,上马车都要两个人搀扶着,几欲卧床。不得不再次由张万才等两位同学将我送往长春,直接投奔四姑家。经二十二天中西药结合治疗,并在四姑的精心呵护下,又一次逃脱死神的魔爪。算来也已五十六个春秋。四姑是我的再生母亲,是她给了我第二次、第三次生命。你说我有什么理由不好好活下去,报答她老人家的恩情呢?

有人说我命硬,有人说我抗争,也有人说时限不到,阎王老子没点我的名。其实我自己知道,是药治了我的病,是好心人救了我的命,也是我几度折磨过后,心理全然放得开的缘故。今天一切顺其自然,放宽心,一切都会过去的。就如之前去哈尔滨住院,大夫诊断为卒中,我说死不了。我觉得自己最知道自己,也应该能权衡自己,别被吓死,于是打几天药水,还是大摇大摆地走出住院处,安然地回家了。

用我自己的话说,从出生起就一次次挣脱小鬼的枷锁,又一次次和狰狞的死神抗争,争得一年又一年,现在也已七十有八,坦率地说我赚了。而今,我仍有自己的梦,我要分享盛世美好。有了生命才能实现梦想,为了梦想,难道不该倍加珍惜生命吗?

看 牙 病

二〇一五年八月二十四日上午八点二十分，去大庆第五医院门诊看牙。

十几天前，正吃面片和荷包蛋。不料一口咬下去，咔嚓一声，像是有石头，牙碜，什么东西呢？当时就想，鸡蛋里面怎么有骨头呢？这不是笑话吗？赶快吐出去了，漱漱口。又吃一口时，觉得左上牙似乎缺点什么，舌头一舔，像是一个洞。用手一摸，牙缺了一块。没出血，也没疼。赶快找吐出来的东西，一看，原来真的是一弯"月牙儿"掉下来了。用水冲洗掉下来的半块牙后保存起来，想让医生看看能不能粘上。

十几天过去了，今天与遛弯老友骆先生说及此事，正巧他也去看牙，一同去了医院。挂专家门诊，六元钱，老年人优先。

大夫诊查后说没问题，剩下的部分没露神经，也不会掉，暂时别拔。然后用砂轮给磨了磨，免得太锋利划舌头，十分钟就处理完了。并嘱咐，暂时不碍事，等以后有什么变化，再来医院。于是，瞬间解除了我的顾虑。自己救自己吧！

如此看来，牙好，胃口就好，吃吗吗香，身体倍儿棒，果然不假。

健康第一。我如今八十岁，眼不花、耳不聋、腿脚灵便、思维也敏锐，这就是本钱。

我自觉应该珍惜、保护身体，调适心理，给自己一个轻松的心情，以防过度悲伤，生病害了自己。

为自己，也为老儿春华，力争坚持下去吧！

二〇一五年八月二十四日十九时三十四分

足疗课疗好脑神经痛

　　最近一段时间，大庆石化总厂公司老年大学的足疗班火起来了。教学效果明显，学员们学得挺起劲儿。听到这个消息，我几经电话联系，直至与王老师面对面交谈，直面聆听，终于了解到真实的情况了。

　　王淑娟老师不但传授了足疗理论，尤其是图示讲解之后，还根据学员个人的体征进行指导，手把手地教，课堂上脱下鞋、袜子直观教学，遇有具体情况还要反复查验，深压慢推。如七十二岁的郑老太，就是一个典型例子。

　　她患脑神经性头痛多年，可谓久治不愈，有时白天干活干不下去，夜里一疼起来不能入睡，心烦意乱，不知咋的好了。年年住医院，前几年每年住一次医院，这两年都住了两次。大夫也用了不少药，采取了不少治疗手段，都不能除根儿。二〇一四年八月出院时大夫嘱咐，如果再疼痛严重，就转院去省里大医院看看吧。

　　自学习足疗，按王老师的讲解，做耳朵后面的反射区治疗，经过多次实践，有所好转。再经王老师课堂上仔细检查，发现她的大脚趾的小脑及脑干反射区有阳性物，即结节，右脚的稍大一些，直径约三毫米，如高粱米粒大小。这是典型的造成脑神经痛的标志。王老师在课堂上一边讲解，一边示范规范的操作手法。几经老师亲手示范，并且郑老太自己也每天反复多次按摩，痛感日渐减轻，结节消失，且半年来没再复发。事实让人们对足疗刮目相看，且产生兴趣，王老师也赢得众多人的赞誉。

　　王淑娟老师言传身教，具体操作、实践，让学员们得到真传，受益匪浅。

　　事实证明，理论若不与实践相结合，就是空洞的理论；实践若没有理论做指导，则是盲目的实践。

　　王老师的教学让学员们深深感到，"师之所存，道之所存也"。

承认老之将至

七十六至七十七岁的交替，即二〇一一年岁末，二〇一二年年初，有两件事让我不得不承认，我这颗一向没感觉老化的心，还是不知不觉地老之将至了。

儿子的钥匙放在我这儿，他要去岳丈家，问我钥匙在哪儿。这本来是伸手可拿的，可是翻来覆去地找，就是没有了，几乎翻遍了箱柜、抽屉，就是找不到。儿子说慢慢想吧。翻遍我记忆中的几个包，也找不到。但我知道没有丢。几天后，儿子回来，再次翻看抽屉中的药盒，原来藏在了这个秘密之地。这分明就是我放进去的，可我却一点印象都没有了。

我的几盒旧式方形软盘里有一些稿件，几年来一直放在柜子里没动，忽然觉得应该保存到电脑里，便于查找。自己的计算机更新了，无法使用软盘，只好去打字社处理，随手把 U 盘放在兜儿里。结果几家打字社都更新了电脑，朋友的机子也换了，白跑一趟，干脆输不了啦。回来时忘了从兜儿里拿出 U 盘了，几天后再用 U 盘时，怎么也找不着，怎么也想不起来，就问孩子们用没用，都说没用。又过几天，睡觉醒来，早四点多钟，冷不丁想起，去兜儿里一摸，原来就在兜儿里呢。

唉，这是怎么了？其实近几年，凡是去街里买点东西，哪怕只有三四样，也得写个单子，要么就站在柜台前，明明看着也说不准。那天本来写了单子，买松紧带与搓澡巾，但只买了松紧带就走了。绕了一圈之后，要回家了，拿出单子一看，怎么没买澡巾呢？无奈，又二马投唐了。如此等等，我问自己，这是怎么了？记性差了，为啥呢？想来想去，其实我的退行性记忆早已偷偷地发生了，老化不断地侵蚀着身体，只是不想承认而已吧。

前两年，每逢周六、周日孩子们都回来，我自己做八个菜还当乐景，还追

笔墨文章一盏茗

求个花样,今年只做四个菜就嫌累了,就连天天买菜骑自行车也慢悠悠了,答案只有一个——老了。老了就是老了,不服不行,还是乖乖承认吧!逞强也没用,岁月从来不饶人啊!这是不变的自然规律,永恒的淘汰法则,谁也抗争不了,奈何不得。然则,老而不糜,老而不馁,老而不朽,应该既承认老,又不屈服于老,这才是应对老化,做健康老人的心境。

幽默的"花"

　　二〇一三年,全国老龄委于当年七月四日发布消息称,当年全国老年人口将超过二亿。十月十三日被定为第一个法定的老年节,以"贯彻老年法,造福老年人"为主题的二〇一三年敬老月活动,也将于十月一日持续至三十一日。老友们看了这条新闻很兴奋。闲聊时,说起老年节,话题格外多。尤其说我们这一代旧社会的过来人,生活过得太呆板了,现在认识开化了,老夫老妻也要与时俱进,玩点新潮,搞点浪漫,让二人世界也活泛起来。

　　话题一经挑起,麻先生感同身受,动情地说:"跟老伴儿去街里。我问老伴过节了,你要买点啥? 我以为买点吃的、用的,你猜我那老伴儿怎么回答的? '要花。'没等老伴儿说完,我一寻思,唉,老伴儿要玩新鲜啊? 要花好办,前面没走几步,商店拐角就是花店,问她要百合,还是康乃馨,或是郁金香。她看着我笑嘻嘻地说:'要两种花。'我说你挑吧,今天一百种都行。她一本正经地说:'这里没有。'我心想,这个老太婆卖什么关子呢,这么多花还没有你要的。那个卖花姑娘也看出点蹊跷,就说:'挑几束吧。'老伴儿哈哈大笑,笑得我和卖花姑娘都愣了。卖花姑娘认真地说:'大姨,您说要什么花,我现在就打电话给您进货,包您满意。'她说:'你没货,老头子有。'服务员懵了,有点不好意思,我一时也丈二和尚摸不着头脑。你猜她要啥? 一是要'钱花',二是要'随便花'。哈哈,我心想,这个老太婆,没想到,跟我玩起新潮来了。原来这就是你要的两种'花'。我问她从哪儿整出这么个'花'名。她笑眯眯地说:'真是不学无术,还想玩浪漫。网上早就有了,亏你还上网冲浪呢。'原来如此。我佩服老伴儿的幽默、风趣。我心里也一阵兴奋。我悄悄地跟老伴儿说,今天虽然没买商店的花,但分明是买了一束'心花怒放'。我俩满心的快乐、一身的轻松。回家的路上也格外地有精神头儿。"

　　老友们听了,啧啧赞许,都说"好、好、好,俏、俏、俏",玩点幽默胜过寂寞千百好。

笔墨文章一盏茗

251

忙出来的健康

　　年轻时,忙碌了几十年的工作,近乎一身的病,用一位校医的话说,病在兜里揣着。那些年,几乎与药为伴,不知道休息,也不懂得偷闲。退休了,觉得自己缺乏的是体育锻炼,于是玩球、跑步,后来快慢走,迄今已坚持有二十个年头了。这期间,忙家务、采购、做饭菜、带孩子、伺候病人,尤其是为了把几十年没看的书看看,没写的文字写写,没走的地方走走,没办的事情办办。时间总是排得满满的,书报总是读得意犹未尽。忙的结果呢?病没了、心顺了、体健了,状况愈来愈好了。现在是耳不聋、眼不花(原来双眼球震颤、头晃,现在也都好了,我早年教的学生们见了还觉得有点怪),头疼脑热也少有光顾了。这一切,我不懂医学,没什么理论性根据,但我感觉就是一个原因:"忙"出来的。不知道这结论叫不叫实践出真知。

　　锻炼:一年四季,春夏秋冬,七千多个日子不间断地锻炼,每天早晨一小时,多种动作,直至关节活动自如,身体从微热到出汗,浑身舒坦。我的活动可以概括为两句话:举手投足无定式,四肢百体皆自然。活动时要心静如水。

　　干家务:从退休回家那天,便开始买菜、做饭,演绎锅碗瓢盆交响曲了。一日三餐、洗洗涮涮,偶尔缝缝补补、修修剪剪,一经形成规律,也便成为习惯。我的文章《苑式大饼》《乐为儿孙做面食》《给外孙做热狗》都已经见报。自认为这是乐趣,"持家之道,理固自然。心平气和,颐养天年"。

　　伺候病人:女儿、老伴有病多年。人食五谷,天灾病变,实属正常。善待家人,天经地义,是作为亲人义不容辞的责任。尽心竭力,一丝不苟地照料,是亲情,也是人道。一个字:认。凡三十年如一日,感觉就是一个:伺候别人,总比被别人伺候好。能够伺候别人,这是福分,伺候不了别人,那是身体不支了。乐呵呵地伺候人,忙忙叨叨也知足,无怨无悔。

　　读书:小时候不知书,工作时为急用而读书,退休了为充电,弥补年轻时没读懂，或想读而没读过，或现在想知道而又不知道的缺憾，看看书、读读报，不受时间限制，可以认认真真、仔仔细细、琢磨琢磨。与书相伴，对话，交友，受益匪浅。心情开朗，乐和，是一种满足。学知识，练性情，陶冶情操，一举多得。读不完的书，看不够的报，令我心无旁骛。

写作：教书时很少写书，眼高手低。真的写起来，针对现实写，感悟实在，有事可写，有话可说，有感而发，有见地可谈，往往还灵感顿发，闪现一丝新意。凡二十几年，先后在报刊发表文章六百余篇，于黑龙江人民出版社出版文集两册。有歌颂现实之乐，抒发老有所为之感。迄今，乐而不疲。用老友著文的话说：快乐的文字伴夕阳。

俗谓，劳其行者长年，意思是长寿吧。因为忙，琐事占据不了精力，愁绪被忙碌驱赶，烦心事更没工夫想，心地宽松度晚年。总之，忙里忙外，就比待着强，更没孤独寂寞感而言。老年人适度劳动有事做，乐和、愉快、静心，是生活的宽心丸。忙——不能不说是养生的绝妙良方。

记得郭沫若五十年前写过一首儿歌：困难像弹簧，看你强不强。你强它就弱，你弱它就强。人生从来就没有过一帆风顺，贫病困苦在所难免。怎么对待，是低头认输，愁眉苦脸，还是战胜困难，乐观生活？答案只有一个，诚如漫画家方城的打油诗："生活一向很平常，骑车作画写文章。养生只有一个字：忙。"我是忙里偷闲，翻阅书报；夜深人静，写点文章。优哉游哉，忙！

健身计划助我健康

退休后，我的第一要务是健身。这是由我自身的健康状况决定的。

我从小体弱多病，几经从司命的绳索中脱险，艰难地赖以活命。这话不是空口胡说，或耸人听闻，故弄玄虚，而是真真实实的，确有其事。妈妈告诉我，一岁时抽风，被扔到土岗，未被狗叼走，后又捡回来了。邻居给点药，奇迹般地救活了。此其一。一九五六年得结核性胸膜炎，脓肿隆起，胸部偏斜，穿刺化验。右胸钙化瘢痕结块至今还在。此其二。一九五七年得渗出性腹膜炎，肚子膨胀得像一个铜盆，大夫说唯恐腹黏膜硬化成一个大饼子，只能用中药"茯苓倒水汤"一点一点慢慢治疗。此其三。三次经抢救活命过来，成为我生命中的奇迹。

我的身体总是很弱，从读书到工作，几十年都是病病歪歪过来的。记得在阿城师范读书时，我是校医室的常客，校医调侃地说："你的病在兜儿里揣着，说来就来。"一九八二年调转米大庆石化总厂，领导听我试讲后，教育科丛科长说："没看出来，这干瘦的样儿，讲课还真挺好。"分配住房时，组织科副科长骆炳奎拿着房本说："你身体不好，上楼费劲，就住二楼吧。"我平时总是大病不犯，小病不断，经常与药为伴。

我自己深深知道自己的身体状况，退休前就下决心加强锻炼。退休第二天一早开始跑步，坚决找回健康。凡二十年来，我的锻炼分三步走。六十至六十七岁跑步，每天绕学校操场跑七八圈，快跑，跑出汗后，再在篮球场与一帮老友玩球。我的感觉忒好。首先是不感冒、不吃药，腿疼、手脚凉的老病也被遗忘了。锻炼让我尝到了甜头，找回了健康。这是第一步的胜利。

六十八至七十五岁，弯腰、撑球已不那么灵活，于是改变锻炼方式，坚持慢跑、小跑、做操、俯卧撑、举哑铃。这个阶段与几位老友天天晨练一小时，直到出汗，身上轻松为止。我的总结是：举手投足无定式，四肢百体皆自然。此为第二阶段。

七十六岁以后,不再跑步,变成走步。快走、慢走、正走、倒走、散步,每天绕小公园走二十多圈,约二至十三千米。活动胳膊腿,达到手脚、腰腿活动自如的目的。有微热感,就是身体各个部位都活动开了。此为第三步。

　　另外,我的骑自行车运动,自始至今也没停,自感骑车是全身心运动,连眼睛、耳朵都协调动作,是全方位的锻炼,用我自己的话说叫百科运动。

　　我八十岁,身体尚好。虽然也有一些偶发病症,但无大碍。自谓得益于退休后的锻炼。现在我五十多年前教的学生们见了我,都惊讶地说:"老师,您的身体没啥大改变,原来的病好像都没了,一点不像八十岁的人。"我回答说:"你们说对了,我本来就是'80后'嘛。"

　　我读书、上班几十年,几乎人人都说我体弱多病,甚至叫我"病包子"。退休后,又都说我身体好,哪像八十来岁的人。有一位一起锻炼的大夫说:"你是八十岁的人,六十岁的心态。"我想,这或许就得益于退休后的锻炼吧。现在年已耄耋,反倒很少就医买药了。

　　我的健身感悟:一是顺应身体的自然法则。二是调适心态。即锻炼身体只要开始坚持就不晚。宽心乐和、心静如水就不会觉得苍老,毕竟身心俱健才是人生的第一要务。

笔墨文章一盏茗

三粒雪菊正好饮

退休后，习惯于喝下午茶。尤其是午睡起来，泡上一杯，边喝茶，边看书报。品茶，提神醒脑；读报，斟酌思考。茶香、书趣恰到其时，每每倍感神清气爽，偶有灵犀一动，赶快敲打成文字，便觉痛快淋漓，怡然自乐。

一位天命之年的学生来看望，说是朋友从新疆带回点儿名茶，自己没舍得独享其乐，特意驱车七十余里，前来转赠于我品尝。其诚可感，其意可谢。

一看，原来是近几年新开发的，号称稀世珍品，茶中名贵：昆仑雪菊。包装精美、制作工艺新颖，堪称极品，自不必说。产自海拔三千米以上的喀喇昆仑山脉，隐匿于冰峰峭壁之中，傲雪斗霜，一枚难觅；吸纳天地之灵气，饱含沉香，馥郁芬芳。实属美味，也是我未曾品饮过的，难得的上乘茶。据说为新疆三大稀世珍品之一，与天山雪莲、和田玉齐名，可谓名贵。

于是，当即冲泡，相与共饮。因为精品包装，每盒十包，每包约三十粒褐黄色小花。我按一贯方法，一杯一包，几分钟后，见茶汤浓稠，色酽，啜一口，味苦且涩。学生一脸困惑，怎么这茶不是味道，色泽墨黑，难道不是真品？于是反复看说明书，豁然开解。原来一包可供十人饮用，而我把一包沏在一人的杯子里，水与茶的比例不当。又恰恰相反，满杯子只见茶，而不见水，既浪费，又无益。顿觉有违陆羽《茶经·一之源》"精行俭德"的教诲，非"茶道"之所为。既已蒙悟，遵照说明，一杯水搭配三或四粒即可，马上重新冲泡，调匀，覆盖。须臾，果然色泽红润，味甘且香。原来如此。

可见凡事多则无益，少则不足，以适度为宜。沏茶亦然。人生如是，不可不慎，不可不察。我俩会心一得，相视而笑。俗谚云，美味不可多得，过犹不及。诚如革命前辈、五老之一的董必武的《赏菊》诗所言，"赏心邀客共，歌咏乐延年"。品茗之余，记之与朋友分享。

闲品茶联也宜人

　　与茶结缘时间久了，便有些许茶趣。尤其是退休以后，多了些闲情逸致，每见书刊、典籍上有关茶的记载，或亲见各地茶楼、茶馆、茶亭、茶庄、茶社、茶舍的楹联，便记录保存，闲来边饮茶，边欣赏，每每总有一丝新味道。顺便摘录几幅以供分享。

　　说起茶馆，唯北京老舍茶馆名气最大了。老舍茶馆因老舍的《茶馆》这部小说与电影而蜚声中外，顾客盈门。虽然是新中国成立后重建的，但仍是清代风格，融现代茶、艺、游、乐为一体。茶博士身着长衫，茶艺小姐着古装服务。一看就让你想起电影了。一九九〇年去北京，特意去喝一碗李谷一在歌中唱的"大碗茶"。这里的楹联特色鲜明。上联：大碗茶广交九州宾客；下联：老二分奉献一片丹心。仔细一想，真的是名副其实。

　　一九九九年四月二日，这里举行了一次茶会，邀众多文人墨客与会赠联，其中一幅夺得桂冠：盛会京城，赏京调京腔京味；喜临名馆，品名吃名点名茶。文字看似简洁明快，实则内涵丰富，造句精当。既写真又写实，还极具趣味与工对。平实而见功底，堪称艺术名品。

　　一九九二年随团旅游，来到浙江杭州秀萃堂茶室，门前有一副著名茶联：泉水石出情宜冽，茶自峰生味更圆。这幅茶联重点突出茶、情、泉、味四个字。秀萃堂就是中国最著名的龙井茶的茶坊。泉，便是著名的龙井，水自石出。龙井的水，泡狮峰山的茶，乃正宗的名震中外的中华第一茶——龙井茶。凡到此的游客，无不品尝一杯，我亦品了一杯，顿觉甘洌清口。记得那时一角钱，尝过之后，深觉不虚此行。

　　福州一茶店撰联：山好好，水好好，开门一笑无烦恼；来匆匆，去匆匆，下马相逢各西东。读来让你顿时觉得与沙家浜中阿庆嫂的唱词"摆开八仙桌，招待十六方，来的都是客，铜壶煮三江，人一走茶就凉"，有异曲同工之妙，且这副对联更让人感到些许洒脱之意。

笔墨文章一盏茗

浙江湖州八里店一茶亭有联:"四大皆空,坐片刻无分你我;两头是路,吃一盏各自东西",颇具江湖味道。

对联对得好,不仅能赚人气,还能赚钱。据说,民国时四川成都一茶馆兼营酒菜,一度生意不好,老板无奈,便将茶馆让与儿子。其子脑子灵活,请一秀才给铺子写一副对联:劳心苦,劳力苦,苦中作乐拿壶酒来;为名忙,为利忙,忙里偷闲喝杯茶去。这是对社会生活的高度概括,人情世故的真实写照。生动、贴切、雅俗共赏,口口相传,引来众多路人,在"偷闲""求乐"中,小铺起死回生,生意兴隆,春风再度。足见楹联功不可没。

福建泉州有一家小而雅的茶室,茶联别致:小天地,大场合,让我一席;论英雄,谈古今,喝它几杯。淳朴、现实,又极具风雅,令人叫绝。看到这里,不禁想起鲁迅先生的《药》中,发生在茶馆里的一段议论。

儿子从上海世博会买回来一盒名茶,采用黄山支脉南云山新芽炒制,名曰滴水香,汪满田牌。介绍说,汪满田茶庄,茶联有学问:一壶泡尽儒释道,三杯慢品天地人。不说不知道,一说吓一跳。我真是万万没想到,这一壶茶竟然有这么多含义:既有儒释道,又有天地人,容量可谓大矣。真的够品味终生了。

湖南长沙天心阁茶社有一联:天下有情人,都成眷属;心头无限事,齐上眉梢。细一斟酌,原来是巧用鹤顶格嵌入茶社名"天心"二字。天心亦即民意,用现实的话说叫人性化。作者用心良苦啊!

有名士撰一茶联:陶潜喜饮,易牙喜烹,饮烹有度;陶侃惜分,夏禹喜寸,分寸无遗。引典有据,对仗工整,且内涵丰富,引人深思。尤见其烹茶工艺,饮茶分寸有度。作者的良苦用心融于字里行间,清味与功夫均注满文字。可谓一字千金,让人不得不服。

四川锦江剧场悦来茶社的两副楹联:茶中有文文中有茶茶文交辉传千古;香里藏趣趣里藏香香趣并茂乐万家。文与茶相得益彰。另一副:雪芽甘露竹叶青集茶谱妙品香座客;水浒三国红楼梦汇艺苑精绝醉散仙。这是将我国名茶与我国文学名著相比喻的茶艺妙联,足够品味咀嚼。

《古今名联趣话》作者梁石认为,对联如诗如画,而茶联则兼具诗画之美,又融入茶情茶艺,对老年人而言,闲来品茶赏佳联,实属修身养性之道,益寿延年之法。久之,获益匪浅,不妨一试。

跟年轻人学习　上互联网漫游

当今社会,信息化飞速发展,让老年一族着实有些力不从心,甚至有点望而却步。如我者也是硬着头皮,像个幼儿园小班的孩子,跟跟跄跄学走步似的紧跟步伐。多少摸着一点影子,亦步亦趋,好歹迈出去几步。这竟然有人说是与时俱进了。

其实,我本是回避了多年,直到退休第十二个年头,即二〇〇八年年初,在儿子的鼓励之下,买了一台电脑、一部手机。儿子给我装好了程序。我是先学通电、开机,一个一个地认识菜单,一个一个地点开看看,都是啥意思。为了能记住,用一个小本子一条一条记上。如上网的姓名(昵称)、密码,然后反复记忆。一个小时后,把桌面、菜单、键盘符号记了个大概。儿子又给申请了新浪邮箱,我觉得有了点兴趣。于是开始打字,半小时敲出了叶剑英的《八十抒怀》,尽管只有正文 56 字,题目 4 字,加上名字 63 个字,真有点"满目青山夕照明"的感觉。我随即试试用信箱发邮件给儿子。儿子收到了,证明发送成功了。我来了信心,乘兴敲了一首自己的小诗《咏六十八岁寿诞》:"老朽寿诞喜开怀,亲朋好友接踵来。不期又有天外客,光临宅第赠新彩。麟吐玉书系绣绂,鹤寿千年酌酒杯。都道大德必有报,《我爱蟏蟏》子孙乖。"并配以注释,顺利发送给《大庆教育报》。编辑回复说:"稿件收到,拟用。"这让我信心满满。心想,这么多年用笔写,反复抄改,跑邮局,贴邮票,麻烦又费时,还得花钱,尤其给编辑添麻烦。如此,自己方便,与人方便。这先进、便捷的方法,何乐而不为呢? 我似乎进入佳境,迷上电脑了。于是,尝到甜头的我一发而不可收。

毕竟刚起步,一切从零开始,麻烦的事接踵而来。一次要用"·"这么个符号,我反复试验,一个多小时也找不着,敲不出来,急得出汗了。无奈之下,我打了个电话问儿子,他正上班,且也没用过。我又找研究院的孙女,她在电话中说,点"插入"菜单,照办,然后点特殊符号,然后一个符号一个符号

笔墨文章一盏茗

地看,终于找到那个圆点,孙女告诉我用鼠标左键点一下,然后点确定。果然出来了。会的容易,不会的难。

她又告诉我,以后各种符号就这么操作。以后二三年里,敲打特殊符号都用这个办法,虽然慢,但可管用了。直到有一回电脑出了故障,求助一位电脑老师来排除,我试着敲几个字,看看怎样时,又用这个符号,我照样点插入,他说不用那么费事,伸手一点键盘第二行第一个键子,刷,"·"出来了。啊,原来键盘上早有设置。我费劲二三年,自以为找到了捷径,没想到张老师轻轻一按,就解决了。

我知道,凡是半路出家,不从基础学起,没有基本功是不行的,必须从头学习,张老师就成了我的电脑老师,帮我解决和排除了许多难题。

有一年春节前,文友从北京给我发来一张图,在我的头像上加一个牛头,注明牛年愉快。我一看这是祝贺新年,也是在调侃,似乎有点戏谑,一时不知怎么回复。请教外孙女,她说好做,张老师给我的软件中有一个大眼睛图标的"Photoshop7",就是处理图片的。经示范,我学会了嫁接图片,第二天,我向文友回敬了"牛头图",加上一盘熟牛肉,逗趣说,牛年吃了牛,人牛,劲儿也牛。互相促进学习呗。

两年后,一位同事说她的学生从广州寄来一张影碟——菊花图,很好看,特意给我欣赏欣赏。一看,原来是幻灯片,做得很精美,确实开眼。经电脑老师一步一步指点,我开始学习用 PPT 软件做幻灯片。不断遛网页,下载花卉图,自己也拍街头景物,做了一些幻灯片,确实觉得好玩。

有时发送文稿需要配图,又要图片处理,压缩、曝光、增加亮度……我的老师有初中学生、高中生,也有孙男弟女。因为我一向尊重能者为师,"夫庸知其年之先后生于我乎"?尤其这互联网时代,小孩子们聪明伶俐,各个驾轻就熟,老年人真的甘拜下风。况且,圣人无常师,何况吾乎?

在一次去花卉大棚参观时,感觉太美了,做幻灯片不大满足了,在电脑老师的亲自帮助下做了媒体文件,而我视力不佳,不敢强为了。

知识海洋,无边无涯,我在网上遛网页,孩子们帮我登录 qq 聊天,加入qq 群。发手机短信已经得心应手时,应邀参加了四十六年前所教学生的聚会。他们大都在六十五岁左右,一些人爱玩微信,问我是否也玩儿,我回答视力不佳。没料到,学生顺兰竟然把我加入微信群里了。这看似"绑架",榜上有名了。于是我只好应付,尝试几天后,我自己竟然有瘾了,可以跟学生们接收、传输文件了。

其实,两年前就有天津的孙先生邀我玩微信,我拒绝了。看来白白浪费了两年玩微信的大好机会,真遗憾。幸亏顺兰的"绑架",否则,恐怕今生与微信无缘了。我由衷的说一声:"谢谢了,我的学生顺兰。"

我庆幸孩子们、学生们、朋友们引导我迈入网络的门槛,我没被落下。如此,我的《晚风集》(上、下册)才得以出版,我的生活里才会有那么多乐趣。

老年人虽然年事已高,只要身体还好,就该"活到老,学到老"。在知识领域万万不要拒绝,只要适度就好,否则就要落在时代后面,甚至遗憾终生。

学无止境,这是常理。何乐而不为呢?有些老同事不是不能学会,是不肯学,不想学,硬是把自己拒之于互联网的门外了。还是及早起步吧,起步就不晚。

拜年轻人为师,度信息化晚年。

落叶的幻化

　　落叶乘着微风旋转着,舞动黄中透红的美丽身姿,滑翔似的飘来飘去,看准目标,从容而下,与诸多"兄弟姐妹"凑在一起,叽叽喳喳聊天。似曾相识,又不晓得属于哪个家族与科目。既然凑在一起,相融相生,这就是缘分与造化。

　　有的静候环卫工人的车,集体去燃烧,供暖、烧水、发电,"粉身碎骨浑不怕"。这是凤凰涅槃,浴火重生,要留全部的火与热在人间。

　　有的还要随风飘荡,待游走够了,悄悄躲进林荫、花丛、大地的角落潜伏休憩。越冬后迎接春雨的洗礼,"化作春泥更护花",这是牺牲的伟大。

　　落叶知道,"一岁一枯荣",这是大自然赋予的使命,无须伤感、悲悯,甚至哭泣、懊恼与挣扎。

　　落叶知道,它不是消亡,而是完成生命的循环往复,是物质不灭定律,是生命的重生与幻化。

　　落叶的聪慧与豁达,告诫那些多愁善感的诗人,把寂寥悲秋的笔调改成点赞与鼓励吧!

　　这,何尝不是生命的潇洒之旅。

雪 精 灵

不知是上帝的塑造，还是大自然精雕细刻，雪精灵剔透晶莹、美丽可爱，上天入地、纵横驰骋。

飞越高山、丘陵，跨过村庄、森林，或乘风驾雾，一路欢歌，在广袤的天宇往来自由，由着性子玩耍。

有时性烈、威猛，结队而行，排山倒海似的从天而降。"塞北雪花大如盖"，淹没田野，覆盖楼群，把电线压断，让交通堵塞。

有时温柔、体贴，悄无声息地落上帽檐儿、衣领，敷在脸颊、眉毛上，在耳边玩耍，偷偷把人亲吻。笑吟吟、兴冲冲，钻入眼角、脖颈，备感温馨。

你是冬的点缀，净化空气的过滤器，美化环境，远迎宾朋。

你是三态变化的婴儿，自然天成的结晶。无论天地玄黄，宇宙洪荒，还是日月盈昃，辰宿列张，你从不计较，一如既往，自由、乐观、可人。

你给爱好雪雕的朋友带来梦想、灵感，及对成功与幸福的期盼。你雕琢出多少精美绝伦的奇景。

你给滑雪爱好者送来欢乐、愉悦、勇气与争得金牌的机会，一展拼搏精神。

你是天使的化身、人类的朋友、画家和摄影家的模特、文学家与诗人的素材、剧作家与导演的灵感之神。

你是不求回报，只讲奉献、洁白无瑕、纯良无欲的天使，造福于民，令人欣慰，备受孩子们欢迎。

雪精灵啊，你是自由之神，来之亦易，去之亦易，把爱与美献给了世人。

笔墨文章一盏茗

263

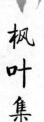

黑鱼湖——大庆人的母亲湖

　　没到黑鱼湖不知黑鱼湖大,没游黑鱼湖不知黑鱼湖美,没品尝怎么能知道黑鱼湖里的黑鱼鲜?

　　二〇一五年八月六日,天清气朗。女婿开车,同两个女儿、外孙女一行五人有幸去黑鱼湖一游。

　　因为不熟悉路线,绕行三十余公里,却恰好沿黑鱼湖水系源头行进,弯弯曲曲的小溪,原生态的沼泽、草地、村庄、小径,溪边垂钓的"渔翁",那"一鱼一竿一钓翁"的闲情逸致真令人羡慕。

　　乐得外孙女说:"幸亏走弯路,要不怎么能看到这么原生态的风景。"

　　女儿也觉得回到四十多年前,在家乡草甸子采野花、挖山菜、割猪草的日子。我的脑海里也浮现出小时候放毛驴、打家雀、抓蝈蝈的一幅幅画面。

　　不知不觉已经到了黑鱼湖的侧面路口,一打听,原来这几十里路的范围内都是黑鱼湖景区的外围,即黑鱼湖的原始风貌。

　　黑鱼湖位于大庆市的北面,安达、林甸交界处。水域面积达六十平方公里,相当于十个杭州西湖的面积。周围是湿地,景色宜人,蒲草丛生,鸥鸟成群。这是大自然赐予大庆人的风水宝地、饮水之源。

　　黑鱼湖景区分南湖、北湖。南湖设有观荷花区、泡温泉区、人文文化展览区、饮食住宿区、休闲娱乐区(正在筹建)。北湖区的设施也可谓齐全。

　　我们首先乘游船,沿水渠欣赏荷花。连成片的荷叶硕大,一眼望去,满塘红的、白的、粉的、浅黄的花朵,还有粉色带紫的荷苞,那才真的是"天然无雕饰,清水出芙蓉",着实惹眼可爱。荷花种类繁多,有来自欧美、南洋的新品几十种,如一天四海、洛桑、彼得、披针粉、克罗马蒂拉等等,各具特色。还有翔实的介绍与标本图样,方便游人看个究竟。诗中说"半亩方塘一鉴开",而今则是"百顷池塘放眼来,荷花蒲棒一径开。姹紫嫣红今又是,大庆美景亲手栽"。在慢慢前行的船边,伸手触摸那柔柔的、绵绵的、茸茸的花骨朵儿，着实鲜美动人，不忍释手，然又轻轻划过。于是赶快抓拍，唯恐瞬间消失。

更诱人的是荷花与蒲草连成一片，蒲草长出长长的蒲棒，黄黄的、红红的、软软的，笔挺的样子，真像刚毅的伟丈夫。蒲棒与一簇簇莲蓬遥相呼应，似邻里相望，兄弟比肩，情侣暧昧，给荷塘平添了生机，为游人增加了乐趣。尤其那些小游客们，已经乐不思蜀了。

如果说杨万里的"接天莲叶无穷碧，映日荷花别样红"让世代学子口口传颂，那么黑鱼湖的荷塘就应是"莲叶蒲草无穷碧，蒲绒荷花相应趣。谁说北国无奇景，大庆百湖谱新曲"。

在文化展馆里参观的是七子根雕，仔细一看，原来是诸子百家的代表人物：老子、孔子、孙子、庄子、墨子、孟子、荀子。栩栩如生的面孔，把游客拉到远古的春秋时代，让学子们品味、思考那段历史。展馆墙上有一则铭文——《黑鱼湖赋》。

黑鱼湖于二〇〇七年便通过了国家 AAA 级景区验收，被许多专家与权威人士誉为"大庆的北国江南""天然百湖之首""绿色休闲之都"。

其实，早就有关于黑鱼湖的神话传说：偷吃了鲜果的九色鹿被主人追杀，逃至一处沼泽，饥渴难耐的它见这里水泽草丰、鸟飞鱼翔，美不胜收。水中有一身穿洁白羽衣，头戴红冠的鹤仙子。两方目光对视，忘情于水泽潋滟的美景胜境。从此，鹿与鹤双栖双宿。据说上帝听说后，盛怒之下，派黑鱼神捉拿九色鹿。于是，村民们与鹤仙子、九色鹿合力战胜了黑鱼神。且黑鱼神被彻底降服，乖乖地在沼泽里繁衍生息。因为这是天上的神鱼，肉质鲜美，成为一道美味菜肴，现在是旅游景点的主打菜，迎来各地游客争相品尝，并入选省市名菜谱系列。游客中流传着这样一句话：游黑鱼湖不吃黑鱼，枉游黑鱼湖。"故愿仙鹤神鹿之情，长感松原；黑鱼红藕之美，永耀乡国。"

黑鱼湖已经成为大庆市的一张名片。国家环保单位尤其重视，每天都有四架次飞机环湖飞行，监测生态变化，保护生态环境。黑鱼湖这个母亲湖会越来越美，犹如《黑鱼湖赋》曰，"油城明珠兮赛天堂，今见明珠兮不能忘"。

笔墨文章一盏茗

265

游大庙旅游风景区

二〇一五年六月二十日,正值端午节,我等三十余人,乘专车从肇源县出发,途经八家河、古恰屯、哈有、超等、茂兴、民意,直奔大庆市著名旅游景点大庙。

这天艳阳高照,赶上假日,又逢庙会。五十年后的旧地重游,感慨良多。

曾经的普通村庄,今非昔比。游客众多,专车旅游者不可胜数,车流堵塞,排出二百余米。

这里有恢复旧貌的衍福寺和曾经废弃的古代双塔。双塔塔身有藏族、蒙古族、汉族三个民族融为一体的文字与艺术风格迥异的彩绘。据说对研究我国古代宗教艺术和各民族的文化交流有重要价值。

衍福寺双塔,相传清太宗曾祀于此,故建寺塔。

后来朝代更替,日军入侵,年久失修,僧人离去,寺院遭毁,唯双塔尚存。

双塔呈宝瓶状,高约十五米,为四面五级建筑。

由塔刹、相轮、塔身、塔座和塔基组成。塔刹为宝珠日月金顶;塔身略呈椭圆形,状如覆钵;塔座与塔基为方形须弥座。以双狮宝珠最为精致,姿态逼真,栩栩如生。细细观察,风雅依旧。如今正在修复,装饰,铸佛像,涂金身,彩绘以文饰,以迎接各地游客。

在"不贰门"牌楼前,游客们伫立揣摩,不但不认识旧体字,更一时不解什么意思,于是相互问询。某虽不侪,也还略解其意,便告诫身边的人,尤其是我的学生们,不二法门是佛教用语,是说修佛成就本来有八万四千法门,不二法门是最高境界。入得此门,便进入了佛教的圣境,可以直见圣道,也就是达到了超越生死的境界。不二即专一,这个宗教用语就是成语"忠贞不贰"的意思,即一心一意,忠诚坚贞而不三心二意,或为忠贞不渝。

进入"不贰门",便是衍福寺正厅外,游人如织,香火鼎盛,一排八个方形香炉,都上满了高香,高约二米。有的香客唯恐不够虔诚,把一捆捆香插入香炉,点燃叩拜。其中一个香炉已是烟雾缭绕。好一群虔诚信徒。

佛堂里有六尊佛像,各个金身法式,不可靠前,香火尤盛。门口有一奉献箱,是香客们表虔诚的又一种方式。

从塔边向前走,不过百米,便是江边。平缓的沙地天然浴场深入江水约百米,水清见底。

放眼望去,游客、艇筏、游泳圈五颜六色。

在阳光垂照下,游客,尤其那些小孩子戏于水中,兴致满满,不失为繁忙的工作与紧张的学习之余放松心情的最佳场所。实为大庆旅游的好去处。

端午大庙之行,景色美丽,心情更美丽……

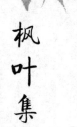

大河与小河

　　小时候常听大人们说"大河没水小河干"。上学后，学地理，老师讲水的来源：地下水、山泉、雪山融化、雨水……涓涓溪流，汇入江河湖海。细一想，啊，大河与小河的确连着，大河的水原本是小河来的。于是觉得这"大河没水小河干"的话，似乎应该调过来，说成"小河没水大河干"。这才合理，合乎事实。

　　再后来学习哲学，学习辩证法。又知道小河供应了大河，有时候逢枯水期，大河又反过来补充小河的水。如此互相供给与补充，大河与小河就都充盈了。一经步入社会，就会明白，有如整个社会的家国天下，情同此理。正如歌中所唱"家是最小的国，国是最大的家"。这种家国天下的胸怀，可谓"齐家、治国、平天下"的宏图大志。

　　自古以来，实行税收制，近几年流行个新词——纳税人。十三亿人口中，每人所缴的税，有如小河、溪流，那么国库就是大河。小河的水源源不断，那么大河的水就会充沛。偶遇灾荒，急需时，国家就会用大量的库存补充、救济，形成良性循环。

　　如今，十三亿人的小智慧，集中起来就是大智慧。这何尝又不是小河与大河呢？

　　如我国农业连续十一年丰收，粮食十一连增，国家库存充足。这岂不就是小河供应了大河，反过来，大河回馈小河吗？

"盲人打灯笼"别解

"盲人打灯笼",有人说是白费,有人说多此一举,也有人说那是照亮别人。一位高僧说过,那是禅意。

而今,一位盲人夜间上街时,点上了灯笼。一路上本来有街灯,多数人以为这纯属作秀。恰好遇到一位熟人,他问盲人:"那么多街灯,谁还需要你的灯笼?"盲人笑笑:"我是为自己呀!""可你本来看不见啊!""可是别人看见了我的灯,也就注意了我,自然就会给我让路了,免得发生碰撞,这是照亮自己,也是给别人的信号啊。"是啊,有如十字路口的红绿灯一样,这岂不也是安全信号吗?

在茫茫人海中,为自己着想的同时,也是提醒了他人,这也应该是一种出新的境界吧。

笔墨文章一盏茗

269

寄块月饼给嫦娥

嫦娥你好:

时光荏苒,路途遥遥,三十八万公里呀,可望而不可即,思念煎熬。犹忆当年你走得是那么蹊跷。

如今又到中秋月圆时,给你送个什么礼物好?忽听"五妹"(嫦娥五号飞船)即将探月去,想给你捎去一飞船月饼,你可与吴刚、玉兔以及各个星球前来探月的朋友共享,也让他们知道神州大地的美食,尝尝来自俺家乡的味道。

记得在家时,你年年中秋给左邻右舍送月饼,乡亲们吃了都夸你人好,月饼味道也好。

如今,世界五大洲,谁不说咱神州好。圆梦小康大发展,社会和谐,物流通畅,生活水平是芝麻开花节节高。做月饼的馅料多,果仁、肉、蛋、水果、蜜饯,尤其是你亲手移植的桂树[1]的桂花,更是上乘馅料,味道好极了。工艺巧,品名新,五十六个民族合璧创新,市场上月饼的品种琳琅满目,样样新潮。

我也学几招儿,为的就是亲手做几样,通过电子科技先发给你,待到中秋月圆时,你我举杯相邀,共品新款,尝尝我的手艺,品品是不是还有当年那个味道。

想你的后羿
中秋前夜

注:[1]传说王母娘娘开蟠桃会时,四位仙女巡游,嫦娥慈悲之心大发,取月宫桂树种子,拂袖桂林,而后桂树成林。

爷 孙 对 话

十岁的小明回家要钱,爷爷有点犯嘀咕。

小明:(摆着小手)爷爷,给我一张一千的票。

爷爷:啊!要那么多,小孩子花钱最好写个条子,都买什么?

小明:爷爷,你想秋后算账啊?

爷爷:从小要养成计划开销的好习惯嘛。

小明:爷爷,现在是市场经济,不是计划经济了。

爷爷:小孩子油嘴滑舌。

小明:爷爷,我不贫,咱家不是都快奔小康了吗。

爷爷:从小要学会节约。

小明:谁像你们老年人,一辈子把钱攥出汗。

爷爷:你花,你花,苦了爹妈苦了家。

小明:爷爷,别生气呀,你还不知道我要干啥。

爷爷:干啥?

小明:重阳节快到了,给你买一个4G手机,教你上网聊天,让它替我陪你,省得你寂寞呀!

爷爷:哈哈、哈哈,人小鬼大。我乖孙子知道孝顺了!

笔墨文章一盏茗

271

吾 爱 吾 师

　　苑老师的第二本文集《枫叶集》即将出版了，这是我又一次为年届八旬的恩师策划和代办的。老师满意了，我当然十分欣慰。

　　在我中小学阶段所直接承教的老师中，深深镌刻在我的记忆中，并且对我的人生产生巨大影响的就是苑老师。苑老师是我初三时的班主任，语文老师。那时候，苑老师似乎特别眷顾我，记忆中我所写的作文大部分都被苑老师当作范文在课堂上评点讲析了，这无疑带给我莫大的鼓舞和无限的自豪感。记得那年学校组织了一次"十一献礼"征文活动，在苑老师的鼓励下，我认真写作，反复修改，甚至沉醉其中，坐在自家的后窗台上忘情地吟咏，竟然招来许多过路者莫名惊诧的眼神而浑然不觉。这一切铸就了我人生的第一个梦想——作家梦，以至于在我高考填报志愿的时候，无论填报哪所学校，专业一栏都是"中文系"，一贯到底。我虽然最终没有成为作家，但我毕生所从事的专业却是文学教育。

　　初中毕业后，我再没有见到苑老师，这一别就是三十多年。这三十多年中，每当想起初中时代，苑老师的容貌和他那文质彬彬的气质，总会清晰地浮现在我的眼前，从未褪色过。二〇一三年，在几个在大庆工作的同学的共同努力下，我们终于找到了苑老师。令我惊讶的是，苑老师竟然也来到了大庆，而且就在我曾经工作过的大庆石化总厂。在我一九八七年离开石化总厂时，他已经来到了大庆三十九中，和我当年工作过的大庆四中只有十几公里的距离，和我现在工作的大庆师范学院也不过四五十公里！我感到非常惭愧，这么多年近在咫尺，却如同远在天涯，这都是学生的罪过！

　　从此以后，我和苑老师便有了密切的往来，首先是帮助他整理出版了第一本文集《晚风集》，也曾专门去看望他，最多的就是电话聊天了。和苑老师聊天，绝不会感受到一般八旬老人所常见的精神的迟暮、思维的凌乱、言语的絮叨和生活的琐碎,他谈得最多的是他对生活的理解、思考,对人世百态的认识、解析,对人生的感悟、慨叹,对学生的回忆、牵挂,让我这个已过知天命之年的老学生,仍然时时泛起一种对长者的仰慕之情,对师者的钦佩之感,如沐春风细雨,如听智者叮咛! 苑老师那发乎真诚的慈爱、睿智、敏捷、坚毅、达观、进取,那无限的正能量,永远是学生的榜样。

天地君亲师,这是中国人永恒的精神信仰,永久的心灵皈依! 弟子一生感恩!

张希玲

二〇一六年三月二十二日

后

记(一)

岁月在笔端

晚霞是一抹来自天阙的彩练,流光溢彩,时舒时展。风儿徐徐拂过,夕阳映着霞光,氤氲祥和。岁月静好,夕阳很美。

读苑老师的文字,仿佛置身于柔和的霞光之中。这些文章中的人生体会,是孙子辈分的我体会不到的,是看多少文学著作也理解不来的。因为我明白,这些文字是苑老师几十年的人生印记,每一篇都写满了岁月的沉淀。在我的印象中,人上了年纪,大多有迟暮之感,或是思绪不清,或是抑郁低沉。然而,苑老师却向我们展现了充满明媚生机的世界。那文字中,有的款款诉说真挚的情思,有的分享令人艳羡的天伦之乐,有的条理明晰地评论时事,有的记叙生活中的点点滴滴。

无论读什么书,总是会读出些东西的,或读出世事变迁、风雨变幻;或读出人情世故、恩爱情仇;或读出人生哲理、处事经验。读苑老师的文章,我读出的是:达观。算是读过一些书,却没有这次读苑老师的文章感受深。因为,苑老师的文章不仅仅是文学的真实,更是现实的真实。他用现实做笔墨,用时间做纸张,用细腻而真挚的情怀书写人生。他用一个个事例与情感,告诉了我们许多生活的答案。

时间是一个人最好的见证,苑老师用文字向我们展现了其几十载的情怀。为人夫者,他告诉我们:爱情不是轰轰烈烈,不是海誓山盟,它是静静地相守陪伴,超越时空,爱就在心间;为人父者,他告诉我们:父亲是大山的脊梁,从不弯曲,父爱无言,只为无私地奉献;为人师者,他告诉我们:传道授业是无怨无悔的青春,教书育人,桃李天下,这是令人感动的事业;为国民者,他告诉我们:天下兴亡,匹夫有责,关注时事民生,热爱伟大祖国,当有赤子之心。

人间三月是真情,苑老师用这份淡然向我们诠释着达观:爱你,你是我心中的金丝兰,就开在我的心里,永远芬芳,绽放美丽;爱你,你就是田野中的阳光,同流一支的血脉,夕阳很美,岁月永恒;爱你,你就是我满园的桃李,经几十年地浇灌,天涯各地,胜似儿女。

都说一个饱经风霜的老人就是一本厚重的书,而今苑老师的书不就是其一生的写照吗?这书沉甸甸地写满故事,或悲或喜,或评或论,然而,读后总会觉得很超然。也许,这就是苑老师的人生境界吧。

忆人生几十载,爱憎也好,悲喜也好,看尘世各般事,是非了然,对错了然。这就是我读到的苑老师,晚晴中最美的风景。

注:作为苑老师的学生的学生,能为"师爷"的这本书献出自己一些力量,并写下这篇文章,实属幸事。在文学的世界中,岁月不老,情缘不散。

赵文卓

二〇一六年一月三十日

后　记(二)

275

致读者朋友的话

尊敬的读者：

《枫叶集》诞生了，不知算不算我的书写孕期中的早产胎儿。因为我原本想继《晚风集》后三五年再出版一本，但我的一九六九届的学生连续来电话说要来陪我八十周岁生日乐和乐和，其意可鉴，其诚可感。还有什么比与学生在一起更快乐的呢？我想：既然要来，我拿什么欢迎四十七年前教过且几近鬓发斑白的学生们呢？在与三十八年前的学生希玲唠嗑时，谈及这件事。她说如果文稿够了，那就再出一本书吧，不是比什么都好吗？于是，这本书的策划、修订、编排、联系出版等事宜，她继续为我一应代办。

由于她课业忙，又有专著正在修订出版。这意向暂定，我也就觉得心里有个谱了。二〇一五年十一月二十七日晚电话来了，她说自己专著已经就绪。让我把文稿给她，立即着手编排。她几乎一天都没喘息，说实话，我真的心有不忍，这就是我的学生希玲啊！由于我的文稿凌乱地存放在多个文件夹中，如同泼留希金的仓库，两三天后才归拢到一起，还没来得及仔细整理修改。她说老师您别改了，那样太累了，您就发来，由我处理吧。相继十余天，陆陆续续地推给她了。子曰："有事，弟子服其劳。"

更让我感动的是，她经二十几天的忙碌未果之时，一个新的科研课题又来了。这时她不得不把我的这摊活交给了她的学生。她告诉我，这个学生聪慧且有见解，文思尤其好，年轻有为，她说一定会比她自己编排得更好。于是，就有了学生的学生为老师的老师编书出版的传奇故事了。果其不然，这位小孩不仅编排得极有创见，而且还为我写了一篇后记《岁月在笔端》。在他看来，作为学生的学生，能为"师爷"编书是他的幸运。在我看来，这就是我出版《枫叶集》的一个戏剧性的插曲，一个花絮，一段佳话，更是我人生为师的骄傲。他就是天资少美的赵文卓，听说他已经以优异的成绩考取对外汉语志愿者,即将赴泰国任教。

当这本书的文稿交到出版社时,前期的一些事宜业已做得基本妥善,最后由出版社编辑把关敲定了。

人生为师的最大乐趣是什么呢？那就是后生可畏。是老师的希望,教书的美好。

至于《枫叶集》的粗疏纰漏之处,那是笔者认知与水平的局限,敬请不吝赐教,不胜感激。

作者
二〇一六年四月十三日

后 记（三）